隐君者女 The Addict
周婉京 著 Stefanie Chow

作家出版社

目 录

序：婉京的惊喜

谭家明

我认识周婉京是八年前的事了。那是2011年，我们都在香港城市大学。她是我的学生。在此之前，她好像在瑞典学习过一段日子。她来我的系里念电影艺术，据她说有点受了家里的影响。她父母好像也是从事与电影有关的工作。在我系内两年的求学过程中，婉京给我的整体印象是积极向上，好学不倦的。她是开在温室里的花，未经风雨，永远朝气勃勃，不管什么时候遇见，她的身心都恒常处于一种亢奋的状态中。她天资聪颖，反应总比别人快，专注力强，对功课或作业都认真看待，全力以赴。她是当年所谓的"尖子"绝非偶然。虽然婉京念的是电影，从她毕业后的路向看，她似乎更钟情于文字的书写而非影像声音的创作。也许，她的毕业作品选择了电影剧本已说明了文字写作对她的吸引力。

婉京毕业后的工作与文字的关系更为密切，从报纸文化版主编到自由撰稿人到艺术评论人，写作是她生活的中心。其后她出版的两本书《一个人的欧洲》与《清思集》，分别道出她从生活与艺术之所得，以文字记录了她对生活与艺术的追寻。与毕业作品的电影剧本比较，更接近她的性情，更合乎自然。

　　我们久别再聚，是2015年，她毕业两年后。婉京拿了《隐君者女》的初稿给我看，想听听意见。那时小说的原名是"伪文艺时代"。我有点意外她选择了小说为新的写作方向，但以她对创作满溢着好奇的心，又觉理所当然。阅毕初稿，我的感觉是较她之前的电影剧本好多了，虽然类型不同，叙事与描写的能力都显著进步。虽同是虚构的写作，却能看到她的呼吸与贴近生活的脉搏。当然，初稿在故事情节与叙事结构上仍有可省略与改善的地方，而文字运用的准确性也未臻完善，但人物的描写已跃然纸上，是以第一稿仍然让我有所期待。

　　再见婉京又再是两年后，在2017年，她拿第二稿给我看。小说名称已非"伪文艺时代"而易名"文青"。小说主人公也从飘渺的"白羽"改名为更实在的"吴瑾榆"。而初稿的另一俄罗斯小说支线也全部删掉了。描述的范围从一个时代聚焦到一个文青，作者关注的焦点遂更清晰集中，而文字鲜活的脉动令吴瑾榆的存在更为真实。我问婉京，第二稿渐次成长，轮廓分明，有计划过出版没有？她告诉我有朋友认识的出版社好像有兴趣，不过恐怕还要等一段时间，言下之意似乎对小说的出版没太大期望。在书海浩瀚无涯的世界里，一部书能够出版并非易事，幸好婉京在这方面也不太着急。她明白因"不甘寂寞"而急于求成的弊处以及随之而来的恶果，宁愿再埋头将小说写好一点。在急功近利的现实世界，这样专心致志于一事，对于一个年轻作者来说不容易，也很难得。她跟我分享了一些创作生活上"衣带渐宽终不悔"的状况。她那时精神好像有点疲累，脸上黑眼圈隐现，昔日的容光暗淡下来。我看到严肃看待"创作"会是何等样磨人,只能盼望她的小说早日完成。

然后一年又过去。到去年11月中婉京告诉我小说终于完成,将出版。小说名称落实为"隐君者女"。我看了第三稿,看到她在创作路上一步步走来,都是踏实的。小说能与读者见面,完全是她锲而不舍努力的成果。小说从最初的胚胎开始,到今天发肤完全,亭亭玉立,我作为目击者,实在替她高兴。

《隐君者女》让我充满惊喜。作者通过主人公吴瑾榆的"奥德赛"(odyssey)将当下艺术圈金钱挂帅人欲横流的阴暗面暴露出来。记忆中,对艺术圈作尖锐的批评在中国近代小说里好像绝无仅有。而婉京描述这些现象的可信性与真实感完全来自她对现代艺术的丰富认识以及作为艺术评论人身处其中的深刻体验。书中一切描述,无论多沉重多赤裸,在她笔下都好像信手拈来,举重若轻,甚至是血淋淋的带着微笑。至此,必须承认婉京对人性的了解,对生活与现实的触觉是何等敏锐。而这,都是一个严肃写作人不断观察、学习与思考的成果。

吴瑾榆是小说的中心,所发生的一切都发生在她身上。通过她的视觉,我们看到各种人性色相,在她不眨一眼无所畏惧的逼视下无所遁形,曝光于烈日下——包括她自己。不用婉京告诉我,虽然她也有向我坦白,吴瑾榆在一定程度上就是她自己。所以在小说半虚构半自传血肉相连的形体里,吴瑾榆是那样一个活生生的存在。婉京或吴瑾榆的视觉不是居高临下的神的审判角度,而是选择与小说里带着各种过失与道德缺憾的人物紧紧拥抱在一起,共同浮游或沉沦于无止尽的欲望

3

追求中。这就是小说动人之处。作者与笔下的人物无分彼此，小说世界与现实生活再难区别，共存于文本的生命中。

从抽象的文字出发，通过具体的小说情节，婉京探触到感情的"真实"。

《隐君者女》是她的驱魔与自我救赎。

2019年3月3日

第一章：动物世界

从报社出来，已是晚上11点。报社坐落在北角的维多利亚港边上。海浪卷着雨，风大到要命，在香港遇到滂沱大雨，伞是全然无用的。

我将手伸了出去，斜雨未落到我手上，先打在我脸上。

隔壁国际新闻部的两个记者结伴走出来，见到我，没说什么，轻瞄几眼后，撑起一把伞匆匆走入雨中。昨天还是热脸相迎的朋友，今天下午得知我将离职，骤然间换了一副脸孔。

"这个世界，没有永远的朋友。"乔悦撑起了伞，伞上印着红红绿绿的安迪·沃荷头像，安迪在雨中一脸严肃。像乔悦这种香港大学法律系毕业的高材生，父亲是高等法院的大法官，她说话总是以训导的口吻进行。我说我不在乎工作，她说她连生存都不在乎，然后我们就陷入久久的沉默。有这样一个朋友，聊天就是没什么可聊。

两年前，乔悦和我同时进入报社，她做编辑，我做记者。我写错的地方，她负责帮我"扫雷"。她关心的艺术新闻，我去采访。我不记得究竟和她提过多少关于我和季周的事，我每次都用"那个人"来描述，无论这剧情如何繁复、暧昧，乔悦都能连贯地听下去，电影术语称她这种视角为"上帝全知视角"，我尚未开口，她已经在暗中窃笑了，因为她将一切看得一清二楚。

身边的作家朋友都有一个固定的心理医师，负责在他们精神脱轨的时候及时将其拽回地球，有时也要忍受这些"病人"肆虐的病情发作。当这群人发起病来，受过再高等教育的人不过是个失智的孩童。

站在辞职这个时间点上，之前我是一名"艺伎"（艺术圈对记者的昵称），写作为了受访者和机构，有强烈的目的驱动，在这之后，我可能要做一名三流作家，写作更倾向于为自己的意识埋单。说到意识的管理，也许我需要一位乔悦这样的"心理治疗师"。

没等我开口，乔悦问起我的去留，"你准备回北京？"

"是，不然呢？我要回去养病。"

"回去以后还会像以前，整天和那个人黏在一起？"

"有好几个呢。你指哪个？"

乔悦笑笑，没有再问。她父亲特意兜了一个圈来接她，快要三十岁的人，还是父亲接，而非男友。她能和家人走得这么近，令我反而有点羡慕。

或许，乔悦对男人根本没有欲望，在她眼里两性是不分彼此的吧。乔悦用了一个"黏"字来形容季周，十分恰当。季周像台湾人吃的猪血糕、湖南人吃的血粑粑，沾上了，任谁都分不开。若是强行将纠缠在一起的两人分开，只会越来越紧。关系太紧就难免会崩开，像是连体的双生儿，肢体断裂的时候两败俱伤，逃不掉一身巨痛。

我想起了季周，他温润的嘴唇，敏感而湿润的舌尖，那些迷人的地方是他施展"黏"功的道具。

我不怀念，因为他此刻已身为人父，不该也不能再黏着我，他有属于他自己的生活。但很显然，无数夜晚的如胶似漆在他那里还是不够，在故事的最后他毅然决然地将"黏液"射向别人。他老婆怀孕的时候，正是我和季周分手后不久。

应该是在他宋庄工作室的皮沙发上，发生了这一切。那沙发的弹簧露了一半在外，像是被剥了皮的野生动物，样子可怜，却仍具有原始的性吸引。他说，沙发是从川美工作室带来的，从他成名前就跟着他了。

这十几年，不知道他于这枕榻之上解决了多少女孩。她们之中，有单眼皮的，有大眼睛的，有薄嘴唇的，有高鼻梁的，有长腿的，有大波的，欲望与想象同行，女孩的形象一路异化。

"不，'解决'这个词可不准确。"说到这里，季周总要纠正我，他说多数情况下是两厢情愿的，女孩中有想要买画的少妇、美院补习班的女学生、邻家姑娘……沙发是欲望的容器，工作室是表演的场域，承载了叙事的各种可能。

他也在这里谈生意，接触洪鑫画廊的老板洪鑫，接见古根海姆博物馆的策展人与一些欧洲艺术节的主办方，接受电视台、报刊记者的采访。

季周说话之前总要先放好烟缸，他不点烟，他像是高尔基笔下的猎鹰，等待着"猎物"先提出要求，然后他为你敬烟，自己再点上一支。这种"奉陪到底"的感受是堂皇、虚假的，因为他根本是个烟鬼，他一天要抽上几盒万宝路，食烟比吃饭还勤。

我们两个多数时间会离开沙发，躺在他画室外的草坪上，他赤裸着上身，挺着中年人已经开始发福的肚子，笑呵呵地说他这是在"晒书"，有我在身边他会觉得比较心安，可能是因为我们永远不同，我永远不会如他这般光着膀子。

沿着海边一直走，走过北角街市，在雨天踏着雨水，穿过菜市场，嗅着鲜肉、咸鱼的腥味，城市和人一样，到了晚上就要被清盘整理，腐臭要被扔弃。戴着红手套的街市档主将混着血水的液体倒入废水渠，她的一旁站着一个叼着牙签的男人，白背心、金链子，一副古惑仔模样。

"今晚点吗？返你度定系我度？"

女人摘下手套，推了男人一把。男人顺势抓住女人的手，将她揽入怀中。

"屌，你嘅手干唔干净？"女人喊了一句。

我忽然起意，掏出手机想拍下眼前这情景，手机荧幕却显示有五通来自"Unknown"的未接来电，我想拨回去，但对方是未知的，正在这时未知先生又打来了。

"吴瑾榆，你在哪儿？季周又喝高了。"一句京腔极浓的问话，对方是我认识的却又分辨不出的某个朋友。

"你是？"我怯怯地问，生怕对方因我的健忘而苛责。

"我张涛。"

"他在香港？"

"中环，文华东方。他病了。"

快一年不见，我有无数个拒绝的理由，我甚至认为彼此的存在就是拒绝的最好理由，但一通电话和五个未接来电，外加一个不清不楚的病痛，将我击垮。也许在我的内心深处，我对他还有渴望,渴望从昔日情人身上见到昔日的自己。

出于对这种念头的怀疑与排斥,我叫了一辆的士,汽车飞驰过铜锣湾、湾仔、金钟,最后抵达干诺道中的老文华。我拿出粉饼,下意识地往脸上扑了两下,沾满了肉色粉尘的镜面映照出我淡泊、没什么血色的脸。的确,像所有人说的那样,离开了北京,我日渐消瘦。

下了车,据未知先生的指引,我来到酒店顶楼的酒吧。黄昏色的玻璃吊灯一排排笔直伫立着,唱片机里低速旋转播放着 John Coltrane 的《My One and Only Love》。

走过围吧台而坐的西服笔挺的外国商人,我先看到张涛,他向我挥挥手,而他的一侧,季周掐了手中的烟,正望向步步走近的我。我是原野上奔跑跳跃的羚羊,畏惧季周那猎豹般敏锐的眼神,被他快速地打量一番,只是成为其盘中餐的寻常前奏。

"为什么选 John Coltrane?"猎豹尚未言语,羚羊率先发问。

"你总是明知故问,不必要的问题不要提,以免破坏气氛。"

"你女儿怎么样了?照顾孩子所以病了?"

季周叼起一支烟,随手拿来圆桌上的小烛台,用力吸了一口,绕着烛台燃起一小团烟,说:"拿你没辙,你就是叛逆。"

张涛一如既往地帮师傅打圆场,"季老师这次过来是为了新展览,他去年在苏格兰创作的一批作品。"

"我最烦那些以创作为由,出去游山玩水玩女人的艺术家。"

"对，玩了不少，不过都没你漂亮。"

我轻轻侧下头，嘴唇贴近季周的脸，假装要吻他的唇，实际上为了抢走他口中的烟。我不知道我是嫉妒，还是报复，抑或想念。季周不惊讶也不尴尬，他知道如果再见我，一年未见的陌生感将疾速融化。

"相思病，很难治的。"张涛看着我俩，向季周使了眼色，拎起包转身走了。走之前，张涛不忘到吧台把账先结了，的确不负他"中华好徒弟"的名号，只不过正因过于尊敬、惧怕季周，张涛的作品不温不火，在屡次模仿季周失败后，他风格大变，转为以灰灰黑黑的色调呈现弗朗西斯·培根式的忧郁，又加入美国抽象表现主义的笔触，成就了诸多半洋不土的巨幅怪物，一张嘴仿佛会吞掉整座文华东方酒店，包括他可怜的老师与我。

只剩下我们两个，说好了不再触碰对方，季周还是靠近我，先吻了我。一个标准的French Kiss，温暖湿润的气息夹杂着烟草与麦卡伦Single malt whisky的烟熏泥煤香，让我成为沾染了墨渍的宣纸，欲望在诱人昏眩的黄色灯光下晕染开来。

1点45分，1608房间，关上房门，季周将我拱在门后，他隔着衣服亲吻我的乳头，很快褪去我的裙子与内裤。我被架空在他的腰上，肚皮顶着他的肚皮，我为这种猴子上树一样的姿势而感到羞耻。说实话，我不太喜欢。

直到季周完全进入我的身体，似梦非梦的荷尔蒙停止分泌，脚部的痉挛告诉我这是真的，我知道再说什么都来不及了。这次我又输给乔悦，正如她所言，我难以和身前这个人彻底分开。但这音乐家手中的指挥棒不徐不疾地挥动着，一有机会便上升一个调。

他一定是喜欢李斯特的人，或者他有潜力成为中国的马勒，引领传统的调性音乐在辉煌声中走向终结。接近高潮之时，季周不停喘着粗气，他每每要求我在"关键时刻"讲广东话，我还记得这刻板、无理的规章，我不敢敷衍，反反复复地喊着："唔好！"

他从不理会我的意愿，反倒是大力将我的手抓在他手里，我会回礼式地给他一个眼神，然后嘴角上扬着笑喊："再快啲！"他一手揉着我的胸，一手托着我的屁股，呼吸在几个急促的咏叹调中终止，液体混入迷乱的思绪，显然他累了。

一根烟点起，季周披着浴袍去冲 Espresso，无糖、无咖啡因、无奶，他一一照做，仿佛性只不过是他例行公事的一部分。我们两人曾约法三章，但凡共处一室，室内一定要有一张柔软的 King Size 的大床，什么都不做，所有时间全用来做爱。

指甲剪得秃秃的大手长满了手茧，季周为我递上一杯咖啡。

"谢谢。"

"不客气。"他将咖啡一饮而尽，看了看手机，有他老婆发来的短信。他按熄了荧幕，转而望向我，说："你怎么样？"

我不喜欢烘焙浅的咖啡，原因是不习惯其中的酸度，我抿抿嘴回答："昨天刚刚辞职，现在是一名全职的无业游民。"

"听说你要写书，写什么内容？"季周也坐到床上来，弹簧床垫忽然受压，向上反弹了一下。

"关于你。"

"我有什么好写的，你一个名记，采访过那么多名人，还愁没的写？"

我像猫一样抱腿蜷缩着，季周蹲着趴在我肚子上，他低下头去，用他没有剃干净的胡茬蹭我的大腿内侧。我的电话响了，我拍拍他的脸，挣开怀抱，走到桌边翻手袋去接。

"喂?"

"睡了吗? 我打了几个电话看你没回，有点着急。"

电话那头传来陈清扬的声音，一看时间，已是凌晨3点10分。他是我一年前采访过的画家陈黔古的儿子，刚刚与季周散伙时认识的老实巴交的北京男孩。对，又是北京人。

季周从身后抱住我，此时他正寻觅着由身后走入我神秘世界的门。我不想让陈清扬听到对话，却又在季周进入的刹那躲闪不及。我大声"哼"了出来，紧接着胸口一紧。

"小榆，你没事吧?"清扬似乎听出电话另一头的鬼怪。

季周把我的脸摁在桌子上，我的意识无奈跟着下半身游荡，难以控制与心上人对话的速度，"清扬，没事……你早点睡，我们明早通话。"

"好，是不是打扰你休息了? 那好，早上再打给你。"说完情话，清扬总要等我先收线，季周在我身体里左右打转，我在叫嚷前一秒挂断了电话，不知清扬是否察觉到我不均匀的喘息。季周伏在我身上，我感觉我像是一只被捆绑住手脚的蠕虫，每一步爬行都极为困难。他没有理他是谁，专注着以他的方式宣誓主权，占有即爱情。但也许，季周并不爱我，他仅仅需要从我这里尝到肉体的快感，这快感并不一定能为他带来快乐，他仅仅是希望有个懂他的人陪他。

我懂他（可能是不懂装懂），是从他十几年前在威尼斯参展的作品开始。当时他完成一组让人瞠目的油画装置，试图打破平面通向立体的油画的创新方式，站在立体的角度，从突兀的质感中重新回归油画的本质，伦勃朗的黑色、夏尔丹的景物都可以延展到荒无人烟的异度空间。

那是他最好的年华，可惜我那时才上初中，是个幼女。这时，季周会说，无论我是什么时期的我，他都不介意搞。这话听起来是褒赞，却那么狂妄、可怕，而我倒是朴素地热爱他创作的人像，只不过近几年当代艺术的市场接近饱和，画不好卖，新题材不多，成熟的艺术家也可能遇到瓶颈。

这时，我脑中又浮现起杰克逊·波洛克的画，我和季周的每一次性交实为创作，乳白色的精液、红澄澄的子宫鲜血、透明的汗液是三桶满溢着的廉价颜料，在空中的三道抛物线里走向迎面等着它们的白色帆布。

我看到我变成一个面色土黄的短发女孩，站在画布后面，缩着脑袋，等待每一次挥洒的结果。如果我不小心探出头来，就会溅得一脸颜料。这时，季老师会说："认真感受它，这不是颜料，是艺术。"

第二章：鱼蛋河粉

国际化、本土化总是掺和在一起，并不怎么愉快地媾和。

自改革开放以来，艺术界也对外敞开了大门，常有外国友人佯装成画廊经理游走在新锐当代艺术家的画室里，他们说着英文、法文、德文、意大利文，标准配置除了名牌西装，还包括一个翻译员。

中国画家一脸青涩，心里唱着"外面的世界很精彩"，有的抠手，有的看天，有的表露出一副吊儿郎当的不屑劲头，最后自尊心却被白皮肤、蓝眼睛的感叹与欣赏所瓦解。低价卖出画作，不签协议而借出画作，交给画廊商拿到海外展览是再经常不过的事，外面的世界不比家门口的胡同好到哪儿去。

季周还在川美油画系读书的时候，创作了他的第一个完整系列《襁褓》，在亚麻布上绘出一团团人体肉的状态，中国人都不知道如何评价，几个喜欢张晓刚的外国人到川美来看画，顺便也见到他的毕业作，说这是弗洛伊德在中国后八九时期的萌芽式体现。什么东西一到外国人嘴里，就显得特别有道理。

"你是萌还是芽？"五年前第一次和季周做爱后，他给我讲了有关他"第一桶金"的故事，而后我用指甲刮着他的背，幽幽问他。

"不知道。其实那批画画得挺差。"

当时的季周鬓角还是乌黑的，谁料想现在已经斑白。那时的我刚做记者没多久，采访艺术家时还会结巴、哽咽，甚至会为他们信口雌黄的某个故事而热泪盈眶。

而那时的洪鑫是香港艺术圈的混混儿，鬼魂般漂泊在各大有酒会的展览，穿着一套打折的 Brioni 西装。他有一个 LV 的名片夹，永远鼓鼓囊囊，只为一有机会就会与金主、国际策展人、知名画廊与公共机构的负责人交换卡片。认识洪鑫的时候，我以为他是"土豪"，他以为我是策展人，两人友好地寒暄了一番，交换了名片之后，他发现我是小记者，我发现他的名片是自己做的，没有机构，没有具体职位。

当时的交际场合正是季周 2012 年的香港个展《灰黄》，"灰黄"被视为"辉煌"的通假字，画展里一半灰一半黄，正中金主们的下怀，符合中国合伙人的生财之道——"人头马一开，好运自然来"。

至于后来洪鑫画廊从香港开到北京、上海，再从中国开到美国纽约，这是我始料未及的。洪鑫后来每次见我，都有些尴尬。他先后又和我交换了几次名片，我猜他是想让我把最早的那张"手绘限量版"名片还给他。我偏不还，害得他要再三请我来看展。季周不喜欢出门，整整几日，我俩在酒店房间里翻云覆雨，房门前永远亮着"请勿打扰"的小红灯。张涛来敲门，我们太忙，没办法给他开门。

第四天，季周带着我和张涛一起出席了开幕式，开幕在晚上 6 点，我们 5 点就到了中环都爹利街。洪鑫一见到我们三个进门，急忙从二楼办公室走下来，"叮—叮—叮—叮—"他穿着 Balenciaga 的变色皮鞋，头发梳得油光锃亮，"季老师来了！哟，吴大记者也来了！"他没有提张涛，因为张涛对他而言没有任何利用价值，这让张涛有些不舒服。此举无疑加深了一个直男对一个娘娘腔的厌恶，有时直男会把娘娘腔列为宗法制度的背叛者，自己则站在道德的制高点，守卫着阴阳结合的快感。几年前美国同性恋合法化，让罗马皇帝哈德良与美少年的恋曲不再是传说。当地的狂热支持者激动得热泪盈眶，举着彩虹旗在纽约 Stonewall Inn 门口紧紧相拥。性取向与性表征的问题脱离了旧有的压抑的文化语境，如今世界大同化持续，即便厌恶仍在，实无大碍，这一点令张涛这样的直男们不约而同地感到怅然，所以他不由得加深了对洪鑫的讨厌。

此时，季周已经走到画作边上，亲自做开展前的最后一次灯光调试，洪鑫追着他细数起今晚开幕礼将会出现的各路明星大腕，所有人等待着季老师相隔五年后的最新力作——《归来》系列。洪鑫找人代写了一段策展人感言，用中式英语大谈"归来"之意。

他拉着季周询问自己的理解是否正确，季周只是时而点头搭腔说："哦，是吗？"

杵在一旁无聊，张涛和我出去抽烟，他说起季老师工作室招人的事，原来他们正想招一个兼具临摹与文案统筹能力的新人，找了快一个月，还没有头绪。

"这个人真那么重要？你那么优秀，一个顶三个，还用得着请人？"

"不行，季老师下个展览在荷兰做，想表达一些传统、民间的东西，我们一回北京就要到西安去做田野调查，您让我帮手提包还行，调查我怎么可能懂？"

我的脑子正在快速搜寻着符合以下词条的人——"临摹、文案、民间艺术、田野"，一个名为"Unknown"的电话打来，我瞪了一眼张涛。

"不是我。"他摆摆手。

那是谁？

"小榆，你在家吗？"电话那头传来陈清扬温柔的声音，音色像极了一曲苏州评弹，属吴侬软语的调调。

"我在外面，今天季周有一展览，都爹利街洪鑫这里。"

清扬停顿了一下，说："我来香港了，等下找你去？"

五十分钟后，这个男孩带着行李箱在洪鑫画廊门口现身。我望着缓慢上升的香槟酒的气泡，从摇摆的气泡中看到了他，便即刻扔下正在聊天的艺术圈朋友，选择了一条最短的路径直走向他。

陈清扬，傻瓜，傻瓜，大傻瓜。而我，此刻像是去解救迷途少年的英雄母亲，每一句台词、每一个步伐都正气凛然。季周见到我穿过人群，他顺着我移动的方向瞥见门外的清扬。

"怎么来香港了，事先也不打招呼。"我咧着嘴看看清扬。

清扬用手将我没好气的脸揉成笑脸，说："哎，这样好看多了。"

他一手拉起我，一手拿着行李，走入人满为患的画廊。骤然之间，我们成了外来入侵的物种，高跟鞋与西服人中的独行侠，不同的物种四目以对，还是季周先打破了这一片沉寂："我来介绍一下，吴瑾榆男友陈清扬，他是著名水墨画家陈黔古陈大师的公子。"

我心想，季周犯了大忌，清扬最讨厌别人把他形容成"老陈家的小陈"，他唯一公开承认的身份是地下摇滚乐队Manic主唱。他出唱片、在音乐节上疯狂，不是笼统的"谁的谁"。清扬全当季周是我的老朋友，所以什么都没说，这次换他尴尬笑笑。

寂静停止在"观众"歆羡的眼光中，一切恢复正常，聊生意的继续聊生意，谈心的继续谈心，谁也不认识的"小可怜"对着墙上季老师的苏格兰群像发呆发傻，假装自己正在和画作建立对话。

开幕式结束，洪鑫建议我们一群人去只隔几条街的兰桂坊喝酒，他新入股一家专门接待权贵和名流的酒吧。季老师想回酒店，我想喝酒，张涛没有话语权，陈清扬无所谓。我问清扬有没有吃饭，他说没有，我挽过他的手和包括季周在内的众人告别。很奇怪，季周主动和清扬握了握手，清扬笑着迎合，季周这是不希望看到我挽着清扬。

五分钟后，已经搭上地铁的我收到一条诡异的短信："今晚你还敢来酒店吗？赌你不敢。"

我看了一眼发信人名称，又看了眼清扬，回了一条："凌晨3点见。"

此后的半个小时，我兴致盎然地计划起来，我需要在3点前送男朋友回家，把他哄睡着后再考虑下边的事。说实话，我憎恨此般无耻的我。我知道，如果没有那句"我赌你不敢"，自己不会应允，还是那句话：凭什么不敢？

八岁时，我就敢。那时常将《格林童话》的书皮套在亨利·米勒的《北回归线》上，没几天又套在川端康成的《雪国》上，直到型号不对，套不到《金瓶梅》头上，才肯作罢。那时候我妈总责备我的阅读速度："人家小董洲读童话书一天就完，你怎么要看一个月？"

后来，我的逆反像是我身上的一颗良性肿瘤，随着树的年轮增长而变大，中学的时候我希望我是莫拉维亚小说《内心生活》中的主人公德西黛丽亚，能在教堂撒尿、把钞票当手纸、胁迫自己的追求者在其父母的结婚照上吐唾沫，等等。

可这终究是设想，没错，思想的巨人，行动的矮子。直到我遇见季周，这种叛逆被逐渐释放，情欲变成无穷无止的操练。等我遇到清扬，我知道他就是那个传说中的"叛逆终结者"。回到我在红磡家中，两室一厅的房子，只有三十平方米，在香港算是中规中矩的"陋室"。清扬一放下行李箱，开始翻腾冰箱里能用来烹煮的食材，结果是，什么都没有。

我们只好手拉手，像小孩子一样，悠悠然走到楼下的正宗潮州鱼蛋店吃鱼蛋河粉。

"老板，两碗鱼蛋河粉，一碗加紫菜，一碗走葱，两杯豆浆，一杯热，一杯冻。"陈清扬在留心听我讲过几次以后，对这段广东话铭记于心，这是他的台词，也是他少数会讲的广东话。

"讲得不错！"我每次都打趣他。一边吃粉，我又问了他一个严肃的问题："你喜欢我什么啊？说说看。"

清扬把他的鱼腐夹给我，"丹凤眼，平胸，扁平足，还有，不太聪明。"

"你可真够诚实的！"

"你让我说的，这都是优点啊！"

"屌！"我以一句粗口结束了对话。

再望望清扬，他白净的脸上嵌着水汪汪的大眼睛，他看着我笑，我知道这是要反问我为什么和他在一起。

　　"吃你的粉吧，巴打。"我甩了一颗鱼蛋到清扬碗里。

　　鱼蛋，有助眠的功效。我看着清扬在耳畔入睡，他的鼻腔发出隐隐的鼾声。他转向一边，我转向另一侧。第一次造访陈家，我采访其父陈黔古；第二次，陈爸爸笑容可掬地拉着我的手，跟我讲述清扬的童年，还说清扬少不更事让我多谅解。临走前，陈爸爸还说了一句话，语气十分老派、严肃——"不以结婚为目的的谈恋爱都是耍流氓"，像极了液晶电视里的广告语，清晰又朗朗上口。

　　我觉得陈清扬是个完美的伴侣，将来肯定会成为一个好老公、好爸爸，所以对于陈爸爸提到的事情，我们两人心照不宣。相爱的一年里，我们和其他情侣一样拥抱、接吻，但他不想和我有过分的肢体接触。他说，爱人是用来珍惜的。所以在涉足婚姻前，我们觉得"楚河汉界"的划分方式是最合适的。每天，醒来一个吻，睡前一个吻，已经足够这瘦高男孩一天的营养。

　　和我在一起，我总嚷嚷饿，他却从来不饿。在那方面，他也不饿。可我不幸是个坏女孩，用季周的话来说，就是"色中饿鬼"，恨不得夜夜笙歌，每晚上演《官人我要》。以至于另一个人的微弱召唤，让我整晚魂不守舍。

　　此刻，我要离开，只是片刻的离开。

　　"相信我，我很快会回来，在你苏醒之前。"

　　我吻了吻男孩的高鼻梁，他没有反应，看来是睡熟了。

第三章：你有酒，我有药

连绵几日的阴雨过后，太阳明晃晃地升起，我恨它这种昭然无事、目中无人的德性。

我从一阵小腹的胀痛中醒来，看到一旁仍值酣梦中的季周。我用细长白皙的腿在地毯上搜索着高跟鞋。搜之不得，睁开眼一望，十几个用过的安全套铺了一地，它们像是憋了气的希望，看起来真他妈哀伤。

我忽然想到家里那个睡熟的孩子，急忙戴上手表。这时候，季周揉揉眼睛醒来。他望着赤裸着后背的我，点上一支烟，说："有人说过你的背很好看吗？"

我打断了他，告诉他时间将近10点，我要回家，还要赶得及去家附近的茶餐厅买两份早餐，11点餐牌会转午餐。"我没时间和您调情，一般人在春宵过后落入欲望失调的自怨自艾，诸如沮丧、空虚、不满足之类的负面情绪都上来了，您怎么还有雅兴欣赏我？"

我把地上散落的衣物一件件重新穿上，像是皇后大道上靠拾遗为生的阿婆。季周打了一个电话，让酒店前台打包两份 English Big Breakfast 送到房间，挂断电话后，他说："美的东西都值得被等待与欣赏。"

季周送我到饭店门口，递过包装精致的早餐盒，摸摸我的脸，"你向来勇敢，和你打赌我总是输。"

我没有看他，也没回头，搭上的士，飞快逃离了"案发现场"。在他面前，我始终不过是抱着大坚果的小松鼠，不愿承认坚果不能吃只能用来磨牙的道理。

松鼠缓缓把门打开，清扬正坐在计算机前上网，他在看前两天摆上 eBay 的旧吉他是不是卖了出去，见到我，他狡黠一笑。

"嘿，看我带回来了什么？"我将早饭藏在背后，蹑手蹑脚地靠近清扬。

清扬却一把抱住我的腰，头贴在我的肚子上，"靓女！你回来了？下次不许一声不吭地离家出走。"

接过我手中的袋子，他仔细端详了一阵包装盒上文华东方的"金扇子"，没说没问，他拿过叉子夹起炒蛋给我。

我没有吃，说是要先洗个澡，他在我打开花伞的时候将 iPad 摆到浴室里，Nat King Cole 的爵士乐唱腔随之柔和地飘入耳中。等播到 Pink Floyd 的《Breathe》，清扬说他晚上要去见川子。我披上浴巾出来，没接话，因为我不怎么喜欢川子。

2012 年 Manic 成立，川子和陈清扬搞乐队的时候好吃懒做，自己是经理却不出钱，欠了唱片公司一笔尾数，最后只能由陈爸爸垫钱。前几年，珠宝火的时候川子倒卖冰种翡翠，可能也亏了，于是现在成了一名当代艺术"炒手"，常进出苏富比、佳士得拍卖行，乍看形象"高大上"了，却做着同样寡廉鲜耻的勾当。

陈清扬知道我的担心，他丢给我一本《Being and Nothingness》，并说："事物的发展向来有它自己的逻辑，我们能做的唯有顺其自然。"我最近躺在床上读萨特，作者在书中反复论证"人的存在即是自由"的观念——意识是虚无的，虚无意味着自由，自由就成为意识的内在结构，循环往复，此说法在首尾相连的环形构造中再拆分、消解，显得正确而毫无道理。这个说法让吃饭、相爱、活着和一切的一切都失去了颜色，但我们又不能不吃饭、不相爱、不活着，纵使我们知道吃饭、相爱、活着没劲。我们只是粗鄙的阅读者，不配拿别人分析出来的东西装腔作势，我只把文本当文本，并不太想要解读它，我枕在他的胳膊上，心里想着同虚无主义没多少关系的虚无。

将近一周未洗的衣袜混在摊开的书页中，我跪在地上帮陈清扬修剪他的头发、胡子，黑色的"细雨"纷纷而至，像我纷纷的情欲。然后，我卧了下来帮他剪阴毛。他涨红了脸看着我，剪刀在我手中缓慢地摆动，他拽过我的手，他说，他硬了。

到了夜晚，最虚无的时刻我们却做着最具象的行为——泡吧、喝酒、吹水，清扬看着川子抽大麻，他抿了抿嘴，我瞪着他，让他别碰这东西。无关好坏，碰了它只会加深你的不自由，并无法在虚无世界中进行自我放逐。

"吴瑾榆，你他妈就是得了文人病，总在算计那些跟生活没有半毛钱关系的事！"川子点了一杯Killer，即便已被伏特加与金酒、朗姆的混合液体俘虏，他脑子里萦绕不断的还是钱钱钱。

清扬夹在川子和我中间，他搂着我的肩，雪茄的烟圈一股股冒出来，我的白布裙子上都是硫磺发散后烟草发酵出来的味。他冲着川子说："我看他妈要看病的是你。"

川子虽然不高兴，但只摆摆手，"我不就开个玩笑吗，你急什么，谁还不知道她是你的人。"他转而问我关于季周的事，"吴瑾榆，听说你跟季周挺熟？"

看我没有回答，川子继续问："能不能介绍我和他认识？我有朋友想买他的画，就是那个《隐君者女》系列。"

"他们不熟。"清扬替我回答，"不，应该说是'熟个屁'。"

川子仍不想放弃，我怀疑他来找清扬便是为了问这些，目的性太强。而季周的《隐君者女》背后又与我有着千丝万缕的关系，想到这儿，我皱了一下眉。

烟与酒是两种南辕北辙的介质，将同时沾染上它们的人儿左右拉扯，非要你发誓只愿忠实于其中之一。喝了酒，陈清扬显露出一个和平时极不相同的他。他变得有些不吝，细长而浓密的眉毛藏不住他的不屑，他不必再迎合或尊重其他人，话语亦变得孔武有力。例如，他会嚷道："说了不熟，你丫还问！"

我喜欢这个时候的他，小腿随意摆在他的大腿上，不由自主地与他接吻，吻了又吻。川子望或不望我们，都难逃尴尬。直到乔悦来到，小圆桌的气氛才缓和了些。

"这是乔悦，我闺蜜。"

乔悦也是第一次见清扬，她优雅地伸出手，连握手的力度与幅度都那么克制、理性，"你好，常听瑾榆聊起你，我是乔悦。"

"你好，可惜你抢了我的话，久仰，我听闻你的故事已久。"

"我是邹川，大家都叫我川子，Manic 的经理，艺术品投资顾问！"川子忽然插话，像一个跑龙套的人，生怕被人遗忘。

"Hi。"乔悦说着坐下，她坐到我身边，表情苍白正如她平时一样。那纤长的手往我包里塞了个东西，粉白相间的包装盒上标有一行小字——七十二小时紧急避孕药。

我帮乔悦点了一杯"飘仙一号"，给自己也续上一杯。

调酒师依旧是Prince，几月不见，他将遮住左耳的长发剪掉，只剩下一头板寸，做"飘仙一号"的时候还是上下共摇七下，他说七下对应着酒里的七个层次，只可惜最精明的客人也只能喝出两三种。

我对这酒的解析是：入口时先尝到果香，含在口中时感受到利口酒的醇，吞咽后舌尖上留有金酒的暖。乔悦比我更加敏感，她认为在暖的后面还有回甘。味觉的敏感很多时候是与想象力有关的，调酒形如制造艺术。

不远处的舞池里，DJ开始打碟，电子乐如翻滚不息的海浪，一潮潮打湿岸上扭动着的青年男女。男人全都脸庞红润，女人皆是柔情深种。

川子鞠了个躬，向乔悦做出绅士的邀请，两人一前一后地走入人群，川子主动、乔悦不情愿的样子着实引人发笑。

清扬又点起一支烟，他告诉我今晚会有重要的事跟我说。

时钟在玻璃般透明、绚烂的彩色灯球下，嘀嘀嗒嗒地指向3点。清扬离开了包厢，健步如飞地越过人群，直到我看他不见。

音乐戛然而止。

陈清扬跳上音响主控室。

我努力寻找他，却只看到他拿着话筒、背着吉他的轮廓。

一段和弦轻轻响起，那是我和他第一次见面时我的电话铃声《The Sound of Silence》，也是老电影《毕业生》的主题曲。音乐容易给人留下深刻印象，由此音乐被认为是最接近哲学的艺术，它对记忆的承载力有时强得惊人，时隔数年再拿出来听，"事发当日"的诸事诸人模样依旧清晰。我靠这首歌捕捉到我见陈清扬时的情绪。

在陈家第一次见到这个男孩，他走出房门问我："你也喜欢西蒙、加芬克尔？"

我的回答是："不，我只是喜欢沉寂，或者说是习惯了。"

"你是？哦，我可能太冒昧了，先自我介绍，我叫陈清扬。"

此刻，陈清扬唱着保罗·西蒙填的词——因为有个影子悄悄潜入，趁我熟睡埋下了它的种子，这影子根植于我的大脑，至今还留在寂静之声里。

他的样子像极了落魄不羁的原唱组合，似乎，每一缕喘息都能在胶片相纸上吐出一个噪点。

曲终，他没有说是献给谁，反而一脸正经地望着我，全场随着他的目光聚焦在我身上。

川子在人群中跟着起哄，乔悦微笑看着我。

"Kiss her! Kiss her! Kiss her!"

两个主角相距二十五米，还隔着一个一米多高的舞台。人潮中的呼喊伴随着他的目光，炙热而具有穿透力。

那一刻，我觉得我是这世界上最幸福的女人。应该感谢"飘仙一号"，还要多谢爱情这剂毒药，我的目光只聚焦在清扬下台走向我的这条小路上。

他奔走向我，将我抱起，我们在众人的祝福下拥吻。那个吻是咸的，清扬连喝了几杯龙舌兰，舔走我抹在虎口上的盐，用满是盐巴的舌头舔我的"飘仙"嘴唇，小心翼翼。此时，另一个男人发来短信，"我已上飞机，放心吧。"这条讯息和避孕药片一起灰着脸躲进了背包的最深处，消弭在最咸的黑色舞台。

我被他抱了起来，他说："我爱得发疯，但并未狂到无法说出我的痴迷，我分割了自己的形象。在我自己的眼里，我是完全失去理智的人，在他人眼里，我只是显得荒唐而已，我能非常理智地对他人讲述我的疯狂、意识到这种疯狂、谈论这种疯狂。"

我闭上双眼，"疯狂地'槑'，我好槑你！陈！清！扬！"

"我要为我写歌，写这种说不出口的疯狂，对，槑！"

夜晚，同一张床上，清扬像一只小狗不断在主人的耳边嗅来嗅去。

我给他出了一道选择题，"如果教你在烟、酒、drug、sex中选一个，你选啥？"

"性。"

"如果再加上爱情呢？"

"我选你。"他想亲我的额头。我蓦地仰起头，他的下唇正好撞上我的上唇。

在游戏的推推搡搡之间，很快就落得一丝不挂。

我细数他背上的痦子，"一个、两个、三个……"

他亲吻着我的乳晕，但是他始终在外面徘徊，没有选择更进一步。

"嫁给我吧。"清扬的第一次求婚、我的第一次被求婚就在寂静中展开。

两个半掩的裸体纠缠在一起，存在感告诉我，我爱着眼前这个男人。眼下，就算是处于维苏威火山下，就算面对即将罹难的庞贝城，我也不会与他分开。因为，我早已被快乐融化，骨头化作塑胶泡沫，皮囊充当裹挟幻象的糖纸。

第四章：After Dark

不用上班的日子，我一个人蜷缩在家。等到有人陪伴，不得已要吃早茶，才会浑身瘫软地走在香港的街上。少有人，懒惰如我。

长夏无俚，热，饮茶自遣。

7月的早上9点，相当于6月的12点。我和陈清扬与一对大爷大妈拼桌，坐在莲香楼上层的正中央，圆桌是海岸中孤独的岛屿，岛上的人忍受着服务员不管不顾的傲慢态度。蒸笼车一来，饮食男女们争相上前挑选，马拉糕、莲蓉包、八宝鸭、猪肚烧卖、千层糕、霸王鸭、冬瓜盅，松软、咸鲜、香糯的滋味尽在袅袅白色的蒸汽底下。

本地的长者几人一桌，广东话叫"撑台脚"，一桌四脚，意为多人进餐。我在香港待了八年，但一个人的日子居多，常就煮煮粥、叫外卖、吃鱼蛋粉或大家乐凑合着吃，非要清扬来了才能姑且撑起这台脚。他评价早茶文化能够窥香江芸芸众生之百态，并劝我写一本书，就写香港饮茶习惯。单单是斟茶时一个手指微曲叩桌的动作已是一门学问，长辈、平辈敬茶，侍者倒茶都不一样。北方人以为早茶重在这"茶"

上，故在未开口前已萌生会吃不饱的感受。面对蒸笼，一边看报纸上的"马经"，一边和家人朋友聊家长里短，也可吃上整个早晨。

我掰开一块黄灿灿的马拉糕，热气一下子喧腾开。我用手直接喂到陈清扬嘴里，陈清扬吃了一口，好烫，马上吐了出来，张着嘴，舌头在外面一哈一哈地。他瞪着那圆而亮的黑眼睛睨着，做了坏事的我则在一旁大笑。同桌的老太和老头不解地望向这对年轻情侣，他们速速吃完，埋单，然后离开。本来如此严肃的早茶活动，在两个活宝眼中却是玩乐。等到服务员收拾桌子，忍不住长叹口气。

走在威灵顿街上，路过几棵石墙树，两人摇摇摆摆地，白日如暗夜，醉鬼般地飘荡着。威灵顿公爵正是那个让拿破仑兵败滑铁卢的英国陆军元帅，百余年的殖民地历史让香港的街头巷尾留下微妙而不经意的文化印记，只不过热恋中的情人无暇眷顾。

沿着中环自动行人天桥一路向下，我拉着陈清扬见红灯就闯，见绿灯偏要停，直到行至机场大巴 A11 在干诺道中皇后像广场的车站，我忽然停了下来。我靠在陈清扬的肩上，什么都没说，一反我一小时前的亢奋状态。

眼前穿着白色T恤衫，衣服上有阳光香气的大男孩是我拥有的现在，他该是我的将来吧。

阳光是怎样一种味道？

我抬起头望向皇后像广场上的榕树，才是夏初，绿已经是悦然一片，阳光穿插过这些叶子，留下微风的幽香。这和我所熟悉的故乡不同。在香港，绿色是树四季的嫁衣，谁不渴望爱情也能这般长青？尽情地绿，绿得酣畅，拒绝枯黄。阳光携着清扬身上好闻的味道，空气中没有季周带给我的枫红。

回到家，我摸出冰箱里面藏着的唯一一瓶"After Dark"，这罐黑啤酒是去年年尾我只身前往东京旅行时从Kirin啤酒酿造厂带回来的"战利品"。拉不开易拉罐的拉环，我只好用自己满嘴不齐的牙齿咬。可惜不得方法，只听"唰"一声，啤酒冒着气泡滋了出来。

送别了爱人，我确实是丢了魂，听上去和抽"事后烟"有点像，但绝对不同。换了一身衣服，我左手握着啤酒，右手打开笔记本计算机，随便打了几行字，很快又删掉。该写什么好呢？嫌言情太做作，怪武侠太传奇，我在一番思量后只写了一行字：远处溪流源头，有几只水鸟单脚立在地上，尖尖的红嘴低伏在湖面上。

我想写一个关于俄国的故事，虽然未曾踏足那片土地。我从小长在满布苏联老楼的北京军队大院，我的母亲来自哈尔滨，她能说一口流利的俄语。我并不是为了纪念母亲，也不是为了写给她看，我只是不知不觉地选择了那个背景。这故事不必和我有任何关系，虽然看上去与我的处境脱不了干系。至于如何塑造人物，人物将去向何方，我都来不及想，桌上的啤酒被潜意识捏扁。我忽然转身，跟正要推门而入的父亲直接对视。

有人说，我身上最吸引人的是我迷雾般的气质。不是我的每个前男友都能得出这个结论，不是得到了我就能守得云开望月明。可吴双全绝不认同，他痛恨着我和我身上所有的特点，他认为这孩子任性、古怪、琢磨不透、挥霍无度，他不能理解一个啃老的女孩凭什么理直气壮地活着，终日无所事事。他根本不指望我能孝敬，那是天方夜谭。

吴双全平日都住在公司，有空了才回家一趟。他不可能空手而归，他手里一定拎着五星级酒店中餐馆的下午茶餐，塑料袋中散发着阵阵豆豉鲮鱼的味。这是他陪老板见客户时吃剩下的羹肴。等到散席，他会杀一个"回马枪"，让没来得及收拾桌子的餐厅服务生帮他把菜全部打包。

"金融业里的寄生虫"，我暗地里这么称呼他。

我同情他，因为寄生虫已经爬满了整个世界。父亲的骨头里有一条，季周的背上有一条，每个人身上都负着一条，没人能摆脱。不知怎的，我想将落跑母亲与父亲八年的爱情长跑写成我小说处女作的背景。震耳欲聋的高分贝争吵，语言暴力交织着想象，这就是我的八岁。然后，我躲在门后，等着看，那比文字更精彩的现世。

第五章：不速之客

　　下了飞机，陈清扬没有直接回劲松家里，而是选择拎着行李，造访宋庄喇嘛庄的季周工作室。他没有猜测过我那晚的去向，只是本能觉得有必要去季周画室坐坐。

　　那是一个湖蓝色的木门，门外种着一排杜鹃花，门内种了藤萝与朱蔓。陈清扬没有预约，直到来到铁门前，他轻轻叩门，门咣当当地响着。

　　张涛很快出来开门，他看到不请自来的提行李的男子，有些愕然，却还强颜欢笑着将他领入工作室。工作室有两层楼，看得出是旧楼改造的痕迹，也有前几年流行的Loft居室的设计，一层作为季周的展厅，从门口数去，纵深至少有五十米。室内用白墙打了隔断，画作按年代整齐地分布在不同的隔间中，房梁上挂着大小不一的射灯，天花板上的漆有的已剥落，却不见有散渣掉在地下由金丝线绣成的印度地毯上，复古的感觉是精心营造出来的。

　　作为画家，季周无疑是成功的。这画室全然复制了大藏家Robert Hatfield Ellsworth的纽约大宅，供主人骄傲地炫耀自己的宝贝。挂在画室中央的是季周的新作《灰黄》的几张，在它一旁静静坐着一个紧咬双唇、露出饱满胸膛的窈窕女子。陈清扬看了看标签，正是川子一心想得到的《隐君者女》。

"你也喜欢那张画？"季周叼着烟从楼上走下来。

未见其人，先闻其声，陈清扬扭头朝门口楼梯处望去。季周穿着一个松散的睡袍，一双不合时宜的橡胶拖鞋，光着脚趾走了过来。

他正准备要向陈清扬解释画作的意图，却被清扬打断了，"不用说那么多，画作自己会说话。"

他随之一笑，坐到展室中央的软牛皮大沙发上，"有何贵干？"

"没事就不能过来看看？"陈清扬把问题像皮球一样又扔回给季周，刻意将"没事"拉得很长，在关于我的问题上都很谨慎，因为谁先开口，谁就输了。

"那你就看看画吧，有喜欢的，不用经手画廊，我私下打个折卖你。"

"我还以为你会送给我。"

季周大笑了一声，将抽到一半的烟掐死在烟灰缸，"换成是你女友，我可能会考虑一下。不过，对她，我会换一种交易方法。"

张涛拿来泡好的普洱茶，剪碎了的叶子黑成一团，在素白的瓷杯中缓缓顺展躯干。

陈清扬说："吴瑾榆和你不是一路人，希望你能明白！"

"你说不管用，她说了才算。"

气氛有些尴尬，两个男人就像是争食腐肉的秃鹰，却又披着英伦绅士的长风衣，遮住弱点，互不相让，谈话注定没有出路。正在这时，门铃响了，张涛转身出外开门。几分钟后，一个脸上长着青春痘的男孩走了进来。

"吴玳?"陈清扬指着男孩，一脸惊讶。

"姐夫!"

季周耳闻眼见这亲人相认的场面，提高了嗓子："原来大家都认识，那我就不介绍了。吴玳是我工作室新请的助手。"他示意吴玳过来坐，语气十分亲切，"哦对，这孩子是他姐介绍来的。"

陈清扬听后，有些不高兴，因为从未听我提及此事，怎么会将堂弟安排在这个人身边，跟着季周究竟能学到什么？吴玳放下书包，恭敬地递上自己的简历，上面写着他在中央美术学院壁画系的毕业时间、创作历程，还有算不上研究的研究成果，只有一次去敦煌莫高窟临摹的经历，一次与北大考古系合作的机会。

"这孩子挺好的，勤学听话，和吴瑾榆挺像。"季周自知在与陈清扬的对话中占了上风，与其隐瞒，不如把话说开，虽然他下一步未必会再和我发展下去，但他也不介意继续收藏我。

"季老师对我挺好，我……"

没等吴玳说完，陈清扬已经拉他到了门口，他说："傻啊你，和他混！能混出什么名堂？他还不得每天把你往死里用，你看看张涛，还不够寒碜？赶紧走，要钱我有。"

吴玳难掩尴尬，"可是我已经答应我妈和我姐，我得先有份工作，做助理还算体面，总比在美院周边给路人画速写或者指导艺考补习班强。"

陈清扬指了指吴玳，无奈地离开工作室。

屋内传来季周的笑声："音乐家走了？那就慢走，不送!"

吴玳不知道该如何是好，一边是胜似家人的未来姐夫，一边是供养他的衣食父母。果然，吴玳和他姐一样，情感屡次战胜理智。他向老板深鞠了一躬，拎起书包追了清扬出去。

五分钟后，陈清扬走在喇嘛庄颠簸的道上，他意识到自己刚刚太过偏激。当人受到暗含攻击的话语，大抵都会本能地对抗。他开始担心，如若季周本没打吴瑾榆的主意，会不会因为今天的事而生出兴趣。

"姐夫！等等我！"吴玳追了上来。

晚上，陈清扬不想回家，他请吴玳吃了羊蝎子，又带这孩子去了三里屯一个叫Parlor的静吧。这家Bar的鸡尾酒很怪，常混入桂花和山楂。他本想着既然不去"愚公移山"，就应该碰不上川子，却偶遇了以前曾一起玩的姑娘。

低胸、热裤的打扮尽显妖娆的身姿，姑娘们扭动着杨柳细腰，街边香水的甜腻气味摇曳着扑面而来。女孩们一边问清扬今晚有没有空，一边上下打量吴玳。热切的探视的目光让吴玳瞬间感到周身炽热，他不知道该不该抬头，如果抬起头来，他该看什么。吃了"闭门羹"的女孩们很快去其他酒吧寻觅"猎物"，清扬耸耸肩。

吴玳如释重负般直起了腰，"姐夫，她们都是您以前的女友啊？"

一个"们"字，格外清楚的咬字让陈清扬忍不住发笑，他说："我想得美，人家也得看上我。"

"那你认识我姐之前就没有其他马子？"

清扬晃着手中的Triple Vodka，衬衫的纽扣也松开了几颗，样子很放松，"我还是选你姐，平胸，容易打理。"

吴玳听罢，若有其事地点了一下头，说："那你口味真……好。"同时,他提出了自己的意见:"我八岁的时候,表姐十二岁,那时我觉得她特成熟、漂亮,如果她不是我表姐,我一定追她。十几年过去了,她没怎么变过。"

"你指身材?"

"不是!哪能和刚才那几个妞儿比。不过说到身材,我婶婶身材那叫一个好,吴瑾榆可怜啊,没遗传到精华。"未及深夜,吴玳却愈发兴奋,"四个字——前凸后翘,可是……"

"怎么?"陈清扬问。兴奋总是很容易从说话者传染到听者身上。

隔了几分钟的沉寂,吴玳憋出了一句话,"我告诉你,你不许跟任何人说,我姐都不成!尤其是她!上小学的时候,我可能对我婶产生了一种怪异的情愫……是那种对年长女人的不由自主的憧憬与渴望。想要一层层褪去她的衣服,然后触摸她的皮肤,吻她的……你知道,这是在美院里面对裸体女模特时不会有的感受,听上去是不是很变态?"

吴玳的语气十分正式,这让陈清扬也改用正经的语气与其交谈,陈说:"俄狄浦斯情结。"

他续答:"这很正常,弗洛伊德曾以理论分析婴孩的本能,像你这样处在发育期的小男孩身体会产生一种性欲,来自你孤独无助时对母亲乳房的渴望,这比宅男在深夜对软妹子的渴望……"陈清扬喝完杯中最后一口伏特加,抿了抿嘴,"有过之而无不及。你现在还这样吗?"

"梦里梦到……就会遗精。看 A 片的时候喜欢欧美那种哪里都大的,不怎么爱看日本小萝莉、女仆装、水手服。"吴玳一征,偷笑着问,"姐夫,你年少轻狂时有没有相似的经历啊?"

"我的第一次给了我高中同学的妈妈。"他干了酒，说，"这个，你姐不知道。"

"电影《毕业生》!?"

"对，动作爱情片。"

吴玳想了一下，继续问："您能描述一下那种体验吗？"

"你的脑子被某种味道牵着走，你的身体比脑子先做出反应，身体告诉你，这是爱情，你疯狂地想要这种爱情。"

"死了都要爱的那种爱情？"

"不记得了，也许是，也许不是。"

"我有时还会想起我婶，想起的时候还是会有感觉，但我害怕真正跟她发生什么，我觉得还是远远看看就得了。您和那个阿姨……不，女人……做了之后，有啥感觉？"

"十分痛快，万分后悔。"

陈清扬没有再说下去，耐人回味的解释总是戛然而止，他起身去洗手间。

吴玳注视着这个身影细长的男人走过酒吧细窄的过道，他意识到这是一个男人，而自己也渴望成为别人眼里真正的男人。他若有其事地摇着杯中的冰块，继续思考关于男女的诸多不合时宜的事宜。时间嘀嗒嘀嗒地过，清扬一直没有出来。

每个人的人生都各不相同，却在平行的世界中有一些巧合和共性，哲学家、学者将这些共性记录成文，再指引人们对自身的存在作出再认识。陈清扬的几句话让吴玳有了说不出的舒坦感觉，仿佛将卡在喉咙里几个世纪的刺一下子取出。他吞吐着象征自由的空气，呛了口气。果然，他还是有些不习惯。

第六章：下笔没有神

一个早上，手里的烟没停，直到烟蒂歪歪扭扭地塞满白色陶瓷烟灰缸，我才知道要停下来休息一下。写作让我感受到自己的存在，细小的痛苦与巨大的快乐都会体现在措辞之中，直到灵魂外溢，感到有一种说不清、道不明的物质盘旋在真实空间的上空。

我希望找到一个能够有效介入我笔下故事的方式，用一种不情色的方式描述色情，听起来像不像在说钥匙与锁的关系？我不断穿梭在现实世界与笔下世界之间，像勤奋的燕雀，嘴里衔着一丁点的泥土，周而复始地搬运着。

这个小说，男主角应该很瘦。开场时，他在家中踱步，不时看下手中的怀表，模样是在等人。然后该轮到女主角上场，我是否要将她写成一个美艳动人的女子？不，她必须得胖，胖到没办法自己弯腰系鞋带，那么这时男人会被她拽着耳朵叫过来，哈着腰帮她系鞋带。

在某个无关紧要的章节，我可以客串一个角色，例如将自己安插在他们家洛可可风格的阳台，在那里挂着一幅女皇送给女主人的肖像画。然后，我乔装成他们家中阳台上的大叶绿植，只靠吸收少量二氧化碳，还能环保地制氧。如果人不必读书、不必食饭，只管尽情吐氧，那该多好。想到这儿，已经煮好一包泡菜口味方便面，我趁着热气、就着父亲去年腌制的榨菜，速速解决了早午饭。

一年三百六十五天，多数日子平淡无奇、掺和着柴米油盐，对比之下，略有几日流光溢彩的生活就显得特别难能可贵。我在3点钟睡去，12点起床，起床后先吃点东西。大概二十分钟后，我会冲个澡，水温在27℃左右。浴室的湿气与城市的黏结合一起，我用小拇指划着玻璃镜，试图看清楚自己的模样。水汽未退，胸部像脱了水的李子，一具瘦到骸骨般的身形影影绰绰。我从不否认，镜中时而可窥见我母亲的模样，我的酒窝如她，眉宇如她，笑颜如她，但不及她的丰腴与娇媚。

性感曾让母亲成为大院里最受男性瞩目的人。她牵我走过马路，我是她手中牵着的靓丽的贵宾犬。路上的车都行驶得缓慢，因为所有司机的目光都聚焦在她身上，有她在，难怪北京环路会常年拥堵。如今，我再穿过马路，站在永远不安全的安全岛上，你若问我是否会想念，我反倒不嗔、不怪、不想念。她是生是死，在大洋彼岸过得如何，我没兴趣知道。

乔悦说我是为了逃开丰腴，刻意将自己瘦成这副德行。她还说，我为了逃开人群，放纵自己沉浸在文字里。所以她的"惊喜"惹我心烦，她明知我不喜欢认识新朋友，却仍带来一头妖娆的"美兽"给我认识。她说这人有趣，她叫她的中学同学Naomi。

"Hi，吴瑾榆，听乔乔说你是个作家？"

Naomi将皮肤晒成了小麦色，穿着Juicy Couture的荧光粉色吊带背心与包臀短裙，她说话的时候双肘紧扣，深深的"事业线"告诉我她至少有C，而且这C不是挤出来的。

乔悦说："Naomi的英文名字特别有趣。"

"出自什么经典？"

"没有，这是一个黑人老外给我起的，他笑我'I moan'，倒过来念就是我的名字"Naomi"。黑鬼嫌我叫床声太大。"

Naomi自在地倚坐在乔悦身旁。她的手指很细，却因搭在双峰之间而显得粗壮，她跷着兰花指轻托着脸说话，这双细而粗壮的手在水杯与烟之间挪移，承载着她的矫情。

乔悦侧着头靠在沙发上听，不吭声、不抢话，眼神里流露出看我时才有的认同。我猜，她跟这"尤物"交情不浅。

"尤物"俯上前来，问："我的趣闻你肯定嫌俗，大作家给我们普及一下当作家的感受呗！"

"不是作家，我只是靠码字混日子。"

我盯着她的事业线看了一会儿，如果我是男人，我可能也会燃起征服她的欲望。她的身体散发着一种我缺失的热度，如果我是男人，我会毫不犹豫地选择后入来占有她。她忽然跟我对视一眼，我即刻将目光转移到手机。我知道，人正是因为看不够，才萌生窥探的欲望。

"快说说，关于什么内容？"Naomi追问。

和她时髦入流的打扮相比，我真是衣衫褴褛，灰色的套头麻布裙，裙下面包裹着一具瘦弱而不虚弱的灵魂，"关于两性。"

Naomi瞪圆了眼睛，忽然热络起来，"你是写网络小说吧？像什么《三生三世》《那些年》我可喜欢了！多写点煽情、狗血的内容，准保大卖！"

乔悦打断Naomi说："吴瑾榆不写网剧，不写言情，没想着卖钱。"

Naomi向我挤眼睛，"或者你批判一下渣男，如今社会上渣男横行。如果你需要这方面素材，尽管来问我，外边叫我'渣打银行'，渣男收得太多，都可以开银行了！总之，市场上最火的始终是两性问题，你出来骂一骂，毒鸡汤好卖着呢！"

"我个人比较讨厌鸡汤，能喝的汤对我来说更有吸引力。"虽然没想着一针见血，但我还是要实话实说，"我一动笔，又是一本滞销书。"

至于Naomi的正职，她是鹿特丹某间博物馆的策展人，一年四季却多住在北京，这种与属地博物馆两地分居的"国际策展人"多是挂个名字，方便在国内找些展览做。北京和香港不同，从不缺艺术家，约二十万的"梁山好汉"盘踞在上百个山头，只要有资金赞助，策展人不必担心找不到艺术家。

"作家，您跟季周熟吗？"Naomi冲我媚笑。

果然，她见我的目标非常明确。放在现在，我和季周竟然变成货物交易的双方，各取所需。既然打开门做生意，生意伙伴就不会是单线的，我也相信季周除我以外，还有许多不可告人的女友，他会将她们带到小沙发上，在那里增进彼此的了解。我从手机中找出季周的联系方式，直接给Naomi看。

咖啡店的英式立钟指向下午3点，不必等候，清扬的电话准时打来。"吃午饭了吗""今天香港会下雨，出门记得带伞""给你听首歌好吗"，几个问题回答下来，听完清扬的即兴创作，我满面桃花地回到位子上。

这时，Naomi 和乔悦已经埋好单了，两人一脸倦容，卧在沙发的两侧。临走前，Naomi 告诉我，她刚加了我的微信，等我回北京后联系她。无论是去喝酒、唱 K，还是去望京吃小腰，她都甘愿奉陪。这个笑靥如花的女人直勾勾地盯着我看，说话像品酒一般回味，"你真像王菲，很 Cool。"

世间有这样一个美丽的误会，长在香港的北京女孩都被人拿来与王菲相比，但被评价的人听到这句恭维还是会有压力。

"其实不是，我太邋遢。"

"挺好呀，反正我喜欢！"

在那天以后，我常做一个梦，梦中人也有着小麦色的皮肤，身材饱满的她温柔而有力地抱着我，嫩红色的唇在我耳边轻轻呢喃。我从床上忽然惊醒，坐起来后发现自己满头大汗。环顾家中四壁，在消弭的迷幻的烟云中寻找她是谁，即便我找到答案，那又要解决另一个问题：那人是谁？以艺术家为例，他们在每一笔或抽象或具象，或介乎于两者中间的笔触，挖掘着自己内心的组成，试图将摇曳不定的东西稳定下来，不再发问，然后打破潜意识中稳定的成分，创立一种新的秩序。

画比作画的人要诚实，既体现了意识，又勾勒了表象。有的女人年轻漂亮，妆化得妖媚，还是少了些所谓的气质，同理在文本中也常出现这种内在空洞的情况。内核里有灵感的表述和视觉故事的呈现，当你没想清楚就起笔，或是想得太清楚就落笔的时候，时间点都不对。这便是我对 Naomi 的看法，美则美，啬啬如此，美而已。

送走了 Naomi，我和乔悦在饭店门口吵了起来。她接连数着我的几个罪状：傲慢、高冷，还有凉薄。

"我怎么就凉薄了？"

"你怎么不凉薄了？"

"她是一个陌生人，你总不能让我对她像对你一样。"

"你对她的态度，就反映了你对我也不怎样，至少你没真心把我当朋友。"

"好吧，都是你对。就像你说的，哪里有永远的朋友？既然你的朋友这么Cheap，那我何必做你朋友？"

事后再想，我不该说"Cheap"，谁又比谁尊贵多少？然而，两个人的关系就像弹簧，伴侣不会是弹簧的两极，而是拉伸时的松紧度。拉得太紧会痛，放得太松也觉得抻得慌。既然你不主动联络我，我也不必理你。我静静地在家自我囚禁了几天，也可以被看作一种自我惩罚。在许多个梦里，再度感受到骨骼发育时半夜惊醒的抽搐和麻痹，回想起初恋时那种青涩、别致的疼痛。

痛在角落里静静躺着，未必睡去。你一碰，它即刻醒来。

第七章：隐君者女

日光打在"上海饭店""富豪酒家""昌裕麻雀娱乐公司"的灯牌上，双层巴士摇摇晃晃地拐了一个弯，白天的油麻地像是被抽干的油桶，少了夜晚绚烂斑驳的激情。

吴双全跟着老板去了新加坡，我一个人在家，接到了一个电话，买了一张票，搭上一辆开往机场的大巴。只可惜，打这神秘而稀有电话的人不是陈清扬。

在等待航空指示的晚点飞机上，我用手机刷着谷歌图片中巴尔蒂斯的画，想要充分利用关机前最后一点时间。肖像画《窗》中半裸着胸前半圆的女孩，画面冻结在戏剧最高潮的那一刻，似乎在下一秒，女孩便会从窗一跃而下。

那么等待女孩的结局会有几种：她摔死了、她摔断了腿但没有死、她安然无恙。她在《窗》这幅画中演得特别投入，她不会知道自己是巴尔蒂斯画上的东西，她不在乎数十年后，有一个丹麦人把她投影到一部叫《女性瘾者》的电影中。最初的那张画，女孩小腿上的白色及膝棉袜每天缩短一毫米，没有人发现，但所有人都觉得这是一种性的侵略。

这时，电子数码化的恰也随声附和，手机荧幕上方弹出了一条讯息，打开微信后，我看到季周的留言："今天没法去机场接你了，到了告诉我，直接在酒店见。"

随着机翼的紧缩、收起，机身的上扬、起飞，重力让我的背紧紧依靠着尼龙绒的紫色椅凳。我到底在做什么？我反复问自己。可是自我失语，本我沉默。拉斯·冯·特里尔应该找我来出演他的新作，演那个被情欲射中的畸零人，因为我对男性的身体有无法抗拒的欲望。

我不相信"一见钟情"，宁愿相信"一见钟欲"。可是，越是无法拥有的东西，越令人着迷，让人充满渴望。性，像是挡在亚当与夏娃之间的窗户纸，不捅破它，它碍眼地搁置着，功用与防弹玻璃无异。可若你试图涉足禁地，你会发现：打破它又是那么的困难。

没什么比欲望更贴近生活，得不到的时候焦躁，得到的时候任性。欲望慢慢成了自己的倒影，每一次离开爱人，我就对自己多一分了解。和季周认识的两千一百九十三天，我回到北京找他的日子不过一百，他来香港的日子也不过二百，算来算去，我们相处的时间还不到一年，聚少离多让我们珍惜来之不易的三百日，尽力满足对方提出的需求。

我虽然生在北京，却没有什么可联系的北京朋友，每次回来休假、工作，全是季周开车来机场接我。有一个人站在外面等你，心里很安妥。不知从何时起，他凝聚了我对北京的印象——干燥、粗糙、生猛，他不来接我，就像今天雾霾明天雨，我理解他的苦衷就像我不怎么抱怨坏天气一样。

从T2航站楼出来，我挥手上车，说完"将台路六号，丽都皇冠假日酒店"，倒头就睡。

司机开着广播，尽管声音已然调小，未入眠的人听觉格外灵敏，年轻的女主播一面报道路况，一面打趣男拍档："机场辅路进京方向有点拥堵，这就像是我和你一直主持节目的内心感受一样！朋友们要是接人最好还是避开这个时段，尽量选乘公共交通。"

我缓缓睁开眼，两辆载满人的大巴竟然飞驰而过，很快将一旁止步不前的"小型轿车线"甩在身后。

直到开到望京，路顺畅了一些，司机见我醒了，问："姑娘，快到了，知道那酒店在哪儿吗？我们搁哪儿进去啊？"

我摇摇头，"师傅，您决定吧。我从小住在海淀，很少来朝阳。"

然后从大路拐到土路上，路忽宽忽窄，让人无所适从，我的脑袋风铃般地随着车子起伏摇晃，司机埋怨起来："要是去海淀多好，路又好走，我又能拉一个好活儿。"

我没再追问他口中的"好活"是什么，我想到等下就会见到季周，而我并不知道应和他聊些什么，难道还是先上床再说？小时候，我对异性身体有种说不出的惧怕，对拉手都有极大的畏惧。神奇的是，所有的压力在扭开水龙头的瞬间，哗啦啦，呼啸着奔流而出。那大概是每个我这般年纪的人在大学时代都会经历的，然后，自己悄悄变成了小时候最讨厌的那种人，我担心等到我成为谁的母亲，可能还不及我妈。

皇冠假日酒店坐落在维景酒店一旁，有摩天大楼般高大的身姿。维景酒店，在九龙塘、油麻地都能见到，我偏执地以为这"维多利亚港的风景"不该出现在北京。帮我办理入住手续的店员也是外籍面孔，操着意大利南部口音的英语，耐心地跟我核对证件。

付款、按电梯钮、走出电梯、插卡、开门，等我完成这一系列动作，就接到季周的电话。

"到了？"

"嗯。"

"怎么，累了？"

"还好。"

"我那边有点儿事，今晚可能晚点过来。"

"好。"

挂了电话，我醒了。这究竟是多么荒谬的一件事，就在这同一座城市中，住着我的男友，一个我爱的男人。我明知荒谬仍坚持为之，我的存在是不是罪大恶极？脱掉沾染了两城尘土的衣服，我钻入热腾腾的浴池中，颤抖着的心情稍微平复了些。浴室吊灯的流光斑驳地打在水面上，呈现出一种可呼吸的蓝色。我把头发像水草般在池中打开，丝丝牵动着Wynton Marasalis爵士演奏中的那种未知的多种可能。有人来敲门，我关了音乐，快速披上衣服，从池中站起来，水淋淋地去开门。

季周穿着一套蓝色的Zegna休闲西装，胡子全刮掉了，显得年轻。他一把抱住我，照旧给了我一个湿漉的吻。

"应景。"他说。

他没有选择床，而是在窗口的沙发上安静地坐下。点了一根万宝路冰珠，小心翼翼地捏掉烟身上的"冰珠"，啪的一声。

"对了，你的小男友上个月来找过我。陈清扬不错，你应该好好对人家。"

这种父亲一样的教训口吻让我由内而外地打了一个冷颤。

"冷吗？"季周坐到床上，用我身上裹着的毛巾一角，帮我一点点擦干头发上沾着的水滴，说："这么大人了，还不能好好照顾自己。"

用力脱掉毛巾，我索性赤裸地展露在季周面前。他的动作停了一下，毛巾攥在手里不动。我主动开始亲他的耳朵，他松开毛巾，开始用手一缕缕擦拭、拨弄我。

太坏了，我真的太坏了，但无法阻止动物本能的行为。我将他按倒在床上，迅速解除了所有阻障，像一个就快没电的手机终于找到了电压合适的电源。

上下左右地转动，爱欲、嫉妒、不甘都在两人的体内交互流淌，"你怎么了？"季周气息不匀，仍与我十指紧扣，当他自己是世上唯一了解我的人。

我没有理他，只顾加快频率，他忽然托住我的臀部，把我强行扭转过来，将我的背一把甩到床上。接着，就变成我们最常使用的沟通方式，还是他主导一切。人为刀俎，我为鱼肉。但不知为何，今天的他特别不从容，他有了疑问，原因可能有两个，他爱上我了，或者他要离开我了。我的身体有一半割据给他，长久而无须交付的租约，令我对他可能抱拥的两种动机都不肯轻易接受。

不知道这辗转的过程持续了多久，我的头发从湿到干，再从干到湿。最后，我们在眼泪中停止，待高潮退去，我红着眼眶对季周说："我……好讨厌自己。"

季周没回答，只是拿来纸巾把我一块块擦干净。

"像我这样裂了缝的陶瓷，你要如何擦得干净？"

"不然我们分开吧。"他在全部擦干净后，说了这样一句话。

他又看看水中团着的纸巾，上面有几块红迹，他抬了眼睛凝视着我，"疼吗？"我摇摇头，至于为什么会出血，我也不知道，也许我的阴道比我的神经更加敏感。我的手却一直拉着他的手，揉搓着上面的茧。

季周打开手机，回了一个短信，接着点开一首叫作《I can't get started》的美国老歌。他随着 Billie Holiday 亲密性感的声线说道："你知道吗，今天我出门前，女儿的小肉手也是这么拉着我的。她还不会说话，她老是哭，但是看到我一下就笑了。"

"你别说了，我知道你要说什么。"

"你有本事有才华，是个好作家苗子，不出两三年一定能闯出名堂。我老了，虽然现在画还能卖出去，但现在艺术圈你看到也有吃青春饭的趋势，年轻艺术家势头很猛，机会也多，我可能很快就过气了，然后像被翻书一样翻过去了。"

"你爱我吗？"

"这不是爱不爱的问题……吴瑾榆，你是个好女孩，聪明善良，没有我你也可以过得很好，可能会伤心，但是以你的性格很快会平复的。可我女儿不可以，她……"

"告诉我，做父亲是怎样一种感觉？"

"嗯，开始很焦躁，焦头烂额，感到生活都被人硬生生地打乱。现在，却变成没有她不行，醒来先要看看她，她快乐吗？健康吗？有什么需要我为她付出的，等等。好多事要考虑，反而也就没时间烦了。大概男人只有有了女儿之后，才真正开始成熟。"季周提到女儿嘴角就自然上扬，"真的是小棉袄。"

"你三年前也曾和我说过，你想要一个孩子，跟我的孩子。"

"对，我是说过。"

"可你反悔了！"

"我们分开的一年里，其实我想了很多。我想要安定的生活了。"

"所以你就娶了自己的学生？"

"吴瑾榆，你冷静点。世上根本没有什么所谓的计划，一切都来得很突然，由不得你准备！我没办法！她怀孕了，难道让她去打掉孩子？我下不了手，更何况是杀自己的孩子！"

"她怀孕了，你为什么不告诉我？"

"我们那时分开了，是你狠狠地扔给我那句话——永远不要再来打扰你！"

我无话可说，确实是我。那时，我因为受不了长时间的异地关系，忍不住要向季周讨个说法，或者说是讨个名分，像是旧社会被圈养在外的妾室，日子久了也想要过上光鲜亮丽的地上生活。

"你知道记忆是干什么用的吗？"

"承接过去，指导未来。你说过好多次。"

"对，因为你下一秒所做的所有决定都在上一秒由个人记忆支配着。你当时抛弃我，现在再抛弃一次，就算你这次不抛弃，你还会有下次、下下次。亏我还跨了四个区、六个环，跑到朝阳来让你白睡。"

"吴瑾榆！你要我说多少次你才明白，我回不了头！现在我有了女儿，你不也有真心爱你的男朋友吗？你这么认真干吗？就是打一炮，干吗搞得彼此都难堪、都疲惫。"

"先扬后抑？非常遗憾，你是一个没发挥好的女高音。"

"随便你怎么看我，对不起，我今天没打算跟你上床，但还是做了，还弄疼你，是我不好。不过，这也是我最后一次说'对不起'。你认为是抛弃也好，摊牌也罢，已经走到这一步了。"

眼泪不断，愚蠢是我。

哭自然是示弱的一种方式，从幼儿园时期开始，我最讨厌爱哭鬼。但此刻我连示弱的原因、对象、受众都一并失去，那么这个愚蠢的行为究竟有何意义？

我走到窗台边的沙发上，蹲着抱紧站在窗边抽烟的季周。他摸着我的头，用下巴看着我，不知何时他已经穿上了裤子，一副随时可以走人的迫不及待的样子。

"我不留你了，你走吧。"

"瑾榆，别闹……你这样我怎么走？"

于是我松开了手，他的角色本应由我来扮演，我才是那个可以提分手的决绝之人。但是导演给错了剧本，大幕已经拉开，我也将受害者的词念得差不多了。

"答应我，你会好起来的，成吗？你在我心里，一直是个独立的好女孩。"

"滚……"我松开手。

"滚！"又是我，我将所有的气力都凝聚在那个叹号上。

这男人拿起西服外套，脚步渐渐远了，中途竟突然折返。

难道是来找被遗忘了的我？原来，他忘记了搁在窗台上的未抽完的万宝路。

终归，爱情抑或情欲，以彼此的渴望开始，停留在一个人的深夜滞想。

可是，是谁不识时务地在我心里循环播放起 Billie Holiday 的歌？

我搭乘飞机环游世界一周，

调停了西班牙的革命，

踏破了北极圈，

但面对你，我却一步也踏不出去。

第八章：鸡丝汤面

窗帘紧闭，光渗不进来，漏不出去。

我醒来的时候，望着不同的木质吊灯，才发现身处之地早已不是酒店房间。

我想挣扎着坐起来，却没有丝毫力气。床头柜上除了一盏灯，还摆着一碗已经凉透了的面，是鸡丝汤面，鸡丝一条条的，从嫩红色变成黄色，面条早就团在了一起。

我想伸直腰站起来，却从床上摔到地上。

同一时间，吴玳哼着《五环之歌》推门而入，与床上的我四目相对："姐，你醒了！"

"你饿吗？"

"别碰我……我这是在哪儿？"

"奶奶家啊，你不记得了？"

奶奶家？我眯着眼思量，努力从黑暗中望向门外光明的世界。

檀木茶几上果然摆着一样的君子兰，一样的唐三彩马，一样的被束缚在镜框中的吴氏一家。回到眼前，还有长高了的吴玳。

"可是我怎么会在奶奶家……"

"说来话长了，你要不要先吃点东西？"

一场长眠过后，人会觉得像是刚死掉或才重生，眼皮重重的，身体发沉。

"吃什么？"

"鸡丝汤面，我的拿手好菜。"

"不吃。"

"那你是有所不知了，鸡肉的蛋白质含量高，所含对人体生长发育有重要作用的磷脂，有益五脏，补虚损，补虚健胃、强筋壮骨、活血通络、调月经、止白带。哝，再看面条，简直是鸡汤的绝配，易于消化吸收，有改善贫血、增强免疫力、平衡营养吸收……"

"停！"

"那好。"

"我怎么到这儿来了？"

"你还能去哪儿？你那么重，我一个人运不动啊！"

"臭小子，找死啊。"

"我和姐夫一起把你送回来的。"

"他人呢？"

"瞧这面凉了，等着，我给你热一热！"

我用手遮着眼睛，不由自主地随吴玳一起走出卧室。可是没走两步，我又瘫倒在绿松石颜色的沙发上，面对家里的没接机顶盒的千禧年电视机，这是吴双全为老人买的。

电视里正在播相亲节目《非诚勿扰》。

我问："今天是星期几？"

"周六啊！只有周末才播《非诚勿扰》。"

电视里，一位中年出版商正在发表爱的宣言，他是美籍华人。信号不好，时而会飞过两道雪花，我只看到他戴了一条暗红色的领带。

我甩甩头，尽力回忆我"断片"前的最后一丁点记忆。

陈清扬到底怎么了，他说了什么？做了什么？然后呢？

飘忽不定的记忆碎片散布在空中，路客酒吧的吧台上摆满了酒瓶，我的身边有一个人，脸庞很清秀，她是乔悦？不对，这时候乔悦在香港。那是谁对我不离不弃？

我拍了几下脑袋，直觉得疼。

"面好嘞！快快快，趁热吃。"

我接过筷子，一看是鸡丝汤面，没有胃口。然而，小腹瘪瘪，人是饿的。我动了下筷子，刚放入嘴里，忽然扔下碗，直奔客厅一侧的厕所。

"姐，怎么了？"

我捂着嘴，吐完之后就一直扶着墙："没事，太久没吃东西了，看来肠胃不适应。也有可能是见到满脸疙瘩的你，实在太丑，所以忍不住。"

"这说明你得多看！你啊，不能喝还硬撑，你头天晚上不知道喝了多少杯，我和清扬哥到路客的时候，你面前少说也有十瓶嘉士伯……如果是你一人喝的，那太牛逼了，我代表我自己衷心佩服您！"

"后来呢？"

"然后你见到姐夫，什么都没说，一个劲儿地哭，我劝也劝不住，可是作为亲弟我还得劝啊，结果你就赏了我一大嘴巴子。"

"真抽你了？"

"这个没有，嗨，我杜撰的。"

吴玳拿起碗，拌了拌面，送到我面前，"你吃一点嘛，不然我难以交差。"

"交差？他人呢？"

"他在家吧？嗯……不知道。"吴玳说谎的技巧太差，眼皮上贴着"假话"二字。

"究竟在哪儿？"

"派出所。"

"什么？"

"姐，你听我跟你讲啊，这事儿它真有点复杂……"

我跟跄着走到门口，准备穿上吴玳的鞋就走。

"姐！"

警局里只有一个当值的年轻片警，我挨个审讯室寻过去，被那片警拦住。

他问："嘿！干什么呢？"

"我们来捞人。"

"一看你就没来过派出所，以为是你家开的餐馆？想捞就捞？"他没好气地指指门口，"瞅见没，出门右转，有间海底捞，想捞你们去那儿捞个够。"

"总之，管不了那么多，人我一定要见，而且要带走。"

片警笑了，问："呵，这么大口气！捞谁啊？"

吴玳说："姓陈、陈清扬。"

"我知道那小子，他挺有后台的，只在咱们这儿待了二十四小时，就被他爸接走了。他没跟你们打招呼？你们这可是白来一趟。"

"打得重吗？"我问。

"估计都喝了点儿小酒，小男孩嘛，抢起酒瓶就往另一个人身上打。不过瓶子都没碎，你说能有什么事？哦，对，听说被打的是一号人物。"

吴玳说："谢谢您啊，警察叔叔！现在双方都没有大碍，我们这悬着的心总算可以放下了。"

"谁被打了？陈清扬打谁了？"我想继续追问，却被吴玳阻止。

无巧不巧，这时吴玳手机响了。

"醒了，醒了。她就在我身边，我们刚到派出所，正找你呢！"

我让吴玳把电话给我，尽量压着火，"陈清扬，你死哪儿去了？"

"你醒了，睡得好吗？"

"你在哪里？"

"家。"

"你现在下楼，你家老杨树下，等我，十分钟后到。"

说罢，我将手机扔还给吴玳，让他没事做的话就回季周工作室。

我脑海中勾勒出从派出所到清扬家的最短路径，我需要：跨过一条立交桥，上五十级台阶，下五十级台阶，再穿三条马路，转一个岔道，入一个小巷，出来后会碰到逆行的外卖送货员、横穿马路的拾荒者，和许多看不清模样的男男女女。这时，我来到翠园社区门口，警卫用木讷的眼神看着我，我满头大汗，没空跟他打趣，横冲直撞地奔入社区。

腿在跑，醉酒当晚的片段开始浮现，我不记得是谁先骂娘、是谁先推搡、是谁先动手，不记得自己是在劝架，还是趴在桌子上偷笑，唯独有印象的是陈清扬背我走夜路，我们两个一声不吭地走，陈清扬不时回头看我，我应该是没有睡熟，因为我还能感到他在看我。

到了杨树下，陈清扬戴了一顶黑色的平顶军帽，乖乖站在约定好的地方，两粒小石子在他脚下滚来滚去，像极了正在等候三毛的青年荷西，当然，我的男孩更白净、清瘦一些。

我的鞋不合脚，跑起路来拖泥带水的，好不容易站到陈清扬面前，鞋子差点跑掉。

走到杨树跟前，我的气也消了，但还是用力推推男孩的肩膀，"说！你干吗打人？"

"没真打，最后收回来了。"

"我怎么喝醉了？"

"不记得了，你就是鼻涕、眼泪、哈喇子蹭了我一身。"

"你！要打就痛快地把对方臭揍一顿，甩出去的瓶子怎么好意思收回来？"

"我看得出来，他喜欢你。"陈清扬顿了顿，"所以……我下不了手。"

我们几乎同时陷入沉默。接着，我想要看他的脸，他偏不让，还刻意将帽檐拉低。我越想看，他就拉得越低，这样子僵持了好一会儿。最后，我踮了脚尖，一把摘下陈清扬头顶的帽子，他来不及捂，露出脸上、嘴角上的青紫瘀伤。

"瞅你伤成什么熊样了？分明是打不过。"

"哪儿有？我要是真……"

没等清扬的话说完，我将他搂住。

他有些无措。面对这突如其来的拥抱，他只好回礼性地将手慢慢放到我腰上。

我承认我有些慌张，需要靠这拥抱挨过慌张。现在，我只想抱着他。

一个不经意的抬头，我瞥见三楼阳台上的陈爸爸。这个老人正目光凌厉地盯着我看。他的眼神不似从前那般，此刻，他正朝我发出警告。这警告是一道无形的符咒，预示着自即日起，他不允许儿子与我亲近，我不再是陈家的座上宾。

第九章：罗氏夫妇

如果不是《今艺术》的主编子衿一大早从台湾打长途电话过来，我不会记得自己还是个艺术评论人。台湾女孩细细的温和的音调，在夏末秋初之时分外动听，耳朵有福了，像是做一次 Massage，酥麻的感受从耳蜗一路蔓延到脖梗。如果不是吴双全的两通电话，一通打给我，一通打给吴玳，问我近况如何，不然我不会记得我在香港还有个老爸。

"从现在的文风来看，你写得越深奥、越邪乎，你的观点看上去就越准确。"子衿说。

"上来就抛一大堆生僻、奇怪的理论，先把人吓死，输人不输阵！"

"你这叫有气势？"

"用台语讲，你们会说'无毛鸡假大格'，对吧？"

"吴瑾榆，就算你打肿了脸也没办法充胖子呀。对了，你最近有空吗？798 最近有几个展览你去看看吧，随便写点什么。"

"只有一个要求，稿费能换成人民币给我吗？"

"那是当然。"

"下个月到账？走台币兑人民币最高汇率？"

"好好好，知道啦。"

没过五分钟，我收到一封邮件，里面仔细列出8月至9月北京所有的展览，又将重点用红色标记出来——蜂巢艺术中心、杨画廊、常青画廊，还有我熟悉的无尾音艺术空间。

无尾音，美国人罗诺德、瑞典人马琳夫妇合开的画廊，这间夫妻店不怎么卖画，说是搞学术，实际上搞什么都不重要，反正不赚钱，索性变成一帮朋友聊天打卦的小聚点。

罗诺德祖上三代都是从事和中国有关的艺术品生意，老老罗曾来中国鼓捣陶瓷，老罗做敦煌图案的丝绸买卖，而我的朋友小罗三十几岁来到北京，举目无亲，和许多北漂一样住过地下室，吃五块钱一碗的酸辣粉或是三块钱一笼的江南肉包，最后在十年前798崛起的黄金时代里抢到了先机，租下一个六十平方米的小地方，创办无尾音艺术空间，英文名是我起的——Nothing But Critical Sounds，简称NBCs。

"罗，你真幸福。"我每次见他，一定先来这么一句。

然后他习惯性回答："幸福个屁。"

我接着会问："卖得怎么样？"

"你买啊？不买别问！"

我在许多人眼中总是神出鬼没，没定性，所以我没打招呼地擅闯无尾音，对罗氏夫妇来讲并不稀奇。一头金发、说话永远轻声细气的马琳看到来客是我，先给了我一个拥抱，说："去哪了儿？好久不见，你好吗，金鱼。"

也许只有马琳这么叫我，她的中文没有罗诺德那么流利，发"瑾榆"二字都很吃力，只能勉强读出同音词"金鱼"，于是我建议名字不重要，选一种她最舒服的称呼即可，于是我多了一个"金鱼"的外号。这么温柔美丽的女子，竟能让罗诺德碰上，以至于我总取笑他，这还不算幸福，分明是走了狗屎运，他面对娇美的妻子也就不再辩解，他明白"得便宜不卖乖"是每个来中国的外国人必修之课。两人大约在一个冬季相遇，当留学生身份的马琳甫步入画廊那一刻，好色之徒小罗就打上她的主意，在外人面前他优雅地称肾上腺素分泌的过程叫"一见钟情"。

"你来看展？王韬还不错，和颜磊、洪浩同一批的，央美版画系出身，老科班。"

"挺乱的，他这风格。"

"还成吧，哪儿有北京艺术圈乱？"

"都挺乱的。"

"他以前不这么画，以前的参考对象是 Cecily Brown 和 Paul Delvaux，现在看东方哲学、禅宗的东西了。"

"这是要做朝阳区散养的'仁波切'？"

"哈哈，随你怎么说。"

说乱绝不过分，这位我不熟悉的据说有一定资历的当代艺术家简直是将艺术制作的现场搬了过来，虽是版画，倒更像是半成品。我说："最近流行的亚洲抽象全是这个路子，王韬肯定觉得自己比其他人都牛逼，他的画企图告诉观者：去他奶奶的艺术语言，去他大爷的艺术家自我剖析。可惜，看得出这还是转型初期的拙作。"

罗诺德竟然抽起电子烟来，吞吐出非烟之烟，一脸的严肃，"就是这个感觉，来劲儿吧。"

"你指抽电子烟还是画？"我拿过他的烟嘬了一口，"索然无味。"

下班前，只有几个美院学生进来看展，马琳问我想吃什么，她做给我吃。天气这么热，别忙活了，不如我们下馆子，反正也不是外人。至于罗为什么要戒烟，他俩相视一笑。

香港有兰桂坊，北京有小腰。到了晚上，望京小腰的各家分店就热闹起来。

望京这片地方，外国人比中国人多，北漂比土生土长的北京人多。几年前，还是一片露天的小铁皮屋，白炽灯光下坐满了人，白色的膀子抢着啤酒正喝得起劲，小板凳小桌板永远都不够用，不过这在过去都是马扎，没有靠背的木墩子反倒是坐着舒服。如今来的人都文质彬彬，进了屋，上了雅座，喝起外国啤酒，可是抵不多吃的还是同一类东西，排出同一样的东西。

来吃烤串的人分成几种，流行音乐算一批，当代艺术算一批，文艺圈的边缘人又算一批，曾经有一次陈清扬、小罗夫妇、我四个人同时出现在小腰店里，凑齐了这三个圈的人，随之又碰到不少自己圈里的人，一来二去穷介绍一番，留了微信好像就攀上关系似的，其实到头来，爱你妈谁谁，谁也不联系谁。

"吴瑾榆，把你搁在美国，你就是YUP。"

"那是什么？"马琳问。

"别理他，不是好话。"

"Young Urban Professionals的简称，中文翻成雅痞。"

"我哪里雅了？我是真痞。不过Professional听起来还不错，像个正经工作。"

很快，一盘小腰就被我们干掉了，小罗又多叫了十串肉筋、十串鸡翅。

"那你现在不做记者了?"

"嘿,什么时候的事?"

"这顿饭我请,你们着什么急,我还不至于穷到骗吃骗喝。"

"哪儿会,我们这是关心你。对了,你男友家里不是很有钱吗,又是艺二代,你抱他的大腿不就好了?"

"你指哪条大腿?"我反问。

马琳一脸纯真,八成是没听懂。

"别开黄腔,刚夸你雅。"

"我从来不觉得雅痞是个多好的词。我不能总抱着陈清扬啊,他现在正在后海演出呢,或者刚刚表演结束,正和女粉丝喝酒调情呢。"

"我见过一次,就那个眉眼特别好看,颧骨高高的男孩嘛,对你那叫一个好!他得有一米九吧?看着高你一头多。"

"那是我矮,显得他高。傻罗,你怎么什么都管,跟个爹似的。"

见我有点不高兴,马琳在桌底下踩了小罗一脚,然后接过话题:"这次在北京待多久?"

"不想走了。"

"啊?为了男友?千万别说是为了我们。"

"呸,你也配?要留也得是为了我们马琳。"说罢,我拉过马琳的胳膊,脸贴脸,变成一朵双生花。

我和罗氏夫妇吃饭,马琳一直没敢喝酒。

"你们俩真怪,这次见面,一个不抽烟、一个不喝酒,到底怎么了?"

马琳笑着告诉我,她怀孕了,四个月,男孩。

"好事啊，干吗藏着掖着？你们准备在北京生？"我纯属好奇地问。

"我们想要一个北京出生的孩子，虽然我们以后可能还是会回美国或者瑞典。"

"还费劲生什么啊，我这不是现成的大宝贝，收养我，成就中国梦。"

我们仨都笑了。

我又问小罗："你不是丁克吗？怎么也还了俗？"

"嗨，人到了这一步，自然要做这件事。"

"你这么说我家马琳可要伤心。"

"没有，我不伤心，相反是我不想要孩子，他想要。"

"别怪我说得难听，养孩子可比养狗难多了，罗，你得有心理准备。"

"我都想好了，嗨，这需要什么准备啊，你看我爷爷不就是一不留神有了我爸，我爸一不小心有了我。孩子嘛，你别太把当孩子养，就没那么多负担。"

"马琳你也这么想？"

马琳顿了一顿，金色的眼睫毛忽闪忽闪的，真像水晶，她说："金鱼，我倒是比较好奇你会成为怎样一位母亲？"

"Well……那你们要失望了，因为我不会要孩子。你们来自老牌资本主义国家的人不是自己也嘲笑资本主义吗，我对nuclear family很抵触，婚姻不过是稳定社会的一步棋，我可不会因此向任何人屈服。你们知道，我一向是社会的不安定因素，安定不下来。"

"你的新小说就写这个？恐怖分子？"

"一半一半吧，两个恐怖分子在一起，可我不让他们生孩子。不过他们会发展成什么样，我没把握。"

"那你不如就写个我俩的预言，怎样？"罗问。

"您先来五百万赞助费？"我坏笑一声，"我肯定给你配七个老婆！"

酒肉穿肠过，小罗看看时间，到点带马琳回家了，他们明天早上还要去做产检。

待法式贴面礼的"啪啪"两下过后，我告别了这对可爱的公婆，上次见还是两个人，现在已经是三个，我下意识地把手放在自己肚子上，生命真是神奇，但又马上意识到，自己竟对不信赖的东西有了柔软的感觉。我和笔下的生命关系复杂，有时像母子，有时像情侣甚至怨偶。然而，角色比我多了一分坦荡，我比他少了一分自由。

我掏出两百块给了收银员，趁着找钱的空闲低头看了眼手机，没有任何人的讯息。一转头，正好见到刚进门的张涛和他的女朋友，看不太清楚，听到那性感女子叫张涛"老公"，两人手挽着手，我猜是他新结交的女友。

谁知女孩见到我，异常热情，马上惊叹："瑾榆！好巧好巧！"

我眯着眼睛定睛一看，女子胸口开得很低，朱古力味的双球冰激凌垂涎欲滴，她穿了一条热裤，露出的肌肤超过百分之八十五。不记得是哪个混蛋说过，如果女人在约会时暴露了百分之七十以上的肌肤，那你今晚就可以搞她。

"嗨。"姑娘主动冲我招手。

"原来你们认识？"张涛牵着姑娘向我走来，一脸惊奇，他放在 Naomi 腰上的手顺势藏了起来。

低胸女子是 Naomi。

她笑嘻嘻地要了我的内地手机号，"终于拿到我们美女作家的手机号了，好高兴！上次跟你见面，忘了留微信，你微信也是这个号吧？我等下加你！"

我点头，我觉得 Naomi 根本不需要我回答。

张涛也笑着，他只字不提他老板的事，也不提吴玳无故旷工的事。看来打架风波已经过去了，像性高潮一样，在啊啊呀呀之后被轻描淡写地抛之脑后。唯一肯定的是，Naomi 已经成功见到季周本人，并俘获了他最得意的门生。

第十章：女人就是女人

随着年纪增长，我的心智没成熟，反智的情绪倒是有增无减，很怪，我比其他女孩男孩的青春期都要长，叛逆也就多那么一点。那些被用滥了的性学经典，像是《肉蒲团》《罗马艳情史》《查泰莱夫人的情人》，我已经不看了。

我怀疑自己恢复了一些元气。耳朵重新听起一些和情爱有关的民谣或是爵士，像是 Kenny Rogers 的《Lady》，Pink Floyd 的《Money》，反复听，琢磨着当 Lady 遇上 Money 时会发生的种种可能，究竟会有怎样的化学作用，究竟是《随心所欲》还是《夏洛特和她的情人》？关于两性的困扰应该要请教法国导演高达，我猜他的回答会是：所有的男人都叫 Patrick，至于女人，女人就是女人。

今天是第五个晚上，我和陈清扬同居生活的第五天。自那天在杨树下短暂相拥，他被他爸盯上了，陈黔古把他禁足，不让他出来找我。结果，他找了川子敲门而入，成功脱逃。他能逃去哪里？

"你在哪儿，我就去哪儿。"

凌晨三点，我坐在我的 MacBook Air 前奋笔疾书，恰好遇上喝得酩酊大醉的陈清扬。

　　我始终认为，陈清扬搬来住不是为了方便照顾我。他逃开那个家，只是厌恶任何人对他的评论、压力、命令以及不明缘由或很有道理的指责。养尊处优了二十多年，如一刀剪短的脐带，怎会不痛？他能在外人面前缄口不提，回到家，无法在我面前装腔作势，他正在找一个宣泄情感的出口。

　　这是我基于五天朝夕相处得出的结论，五天了，我们相处得并不愉快，他心里憋着一团气，看我怎么都不顺眼。

　　"吴瑾榆！"他进门后忽然喊我的名字。

　　我没有转头。

　　"喂！喂！喂！"他紧接着又嚷了几声。

　　我放下计算机，站起来瞪着他。他笑着望着我，打了一个酒嗝。

　　"你喝够了？闹够了？"

　　"你是说我还是说你自己？"

　　我倒吸了口气，拉开凳子，继续打字，"我不想跟你说话。"

　　他疾步走上前，砰地扣上我的笔记本，"不行！你必须跟我说话！"

　　"你干吗？"

　　"我爱你！"

　　"你瞧瞧你自己那德行。"

　　"我爱你……我要你……"

　　我用力推开站在计算机桌后面的他，想要打开衣柜拿衣服，却被他从后面拉了回来，然后强行拖上了床。我拍打他的背，可他就是不肯放手。他压在我身上，我从未料想到他纤瘦的身板竟有如此的重量，他的左手按住我的头，右手开始脱我的裙子。

我从内心抵触、恐惧，一路发展到有点惊喜，仿佛看到了一件日用家电的隐藏功能，外形笨拙的电熨斗竟也能高速旋转，这是你购入电器时未料到的，不知为何你就启动了他身上的快捷键。在两分钟以内，甚至可能不到两分钟，我们已是相互赤裸。

第一次，这么靠近。

他咬遍我身上所有敏感的部位，同时捂上我的嘴，不让我出声。我能感觉到在我和他的下方，有一团隐约闪现的热气，离我好近，快要把我灼伤。出于友好，我试图去抚摸那股热气，不料惊动了它，让它在飘忽不定的热与情中慢慢隐退下去。它的主人不服输，重整旗鼓，揉它、摸它，使劲刺激它，却始终无济于事。

两块黏黏的河豚皮脂在静静的顿河中搁浅，彼此就这么绝望地躺着。大概几十分钟过去了，或者更久，他停止了亲吻，肚皮贴在我的肚皮上。

我看得出清扬想要说些什么，马上阻止他说任何道歉性质的话，这时候，还是保持沉默的好。没有挑逗，我的乳头瘪了下去，我自娱道："其实我俩没啥不同嘛，这一秒倒是登对。"

他躺到了我身旁，如往常一样伸直了胳膊，等我摆个脑袋上去。

"头重吗？"

他摇摇头。

"不会压疼你吗？"

他摇摇头。

"你好点了?"

"是我不好,我不该找你茬。"

他轻轻哼起一首歌,是《蒂凡尼早晨》中的那首《Moon River》,嗓音中夹带着颤抖。Henry Mancini 的这首歌老少咸宜,被女神赫本演绎得精致而通俗,以至于很多人都难以相信 Mancini 也曾为粉红豹写歌。

"我以为你只喜欢硬核摇滚和古典音乐。"

"我以为你不再喜欢我了。"

这次换我摇摇头,"记不记得你约我看电影,你偷偷把薯条带进去,我一转头,你正叼着一根薯条。"

"当然记得,你那黑乎乎的猪扒脸吓了我一跳。"

"滚!那可是咱们第一次接吻。薯条的油腻感一直留在我嘴唇上。"

"要不要我现在帮你舔干净?"他闭着眼睛靠近我。不料却被我下嘴为强,我先亲了他的脑门。

"我的脑门想问你:反正都住在一起了,不如将就一下,嫁给我?"

奶奶家多少年来还是用着紫红色的厚涤纶布窗帘,光打在上面,有光的一侧是红色,背光的一面呈黑色。我站起来,一丝不挂地走向窗台。这时,陈清扬忽然拉住我的手:"除了你,我一无所有。"

面对这突如其来的求婚,坦白讲,我犹豫了一下。在我犹豫的这一分钟,脑海中浮现出季周和他女儿、小罗和他即将出世的儿子、乔法官和乔悦、吴双全和我……到这里,没再想下去。

我转过脑袋,望着已经合起眼睛来等待审判的男孩,望着他浓密的眉毛、微微上翘的睫毛，他如睡美人般苏醒，只睁开了一只眼，如果是坏消息，那就别说，他不愿苏醒。我亲了一下他的鼻梁，他方才睁开双眼，同时，我的世界亮了起来。

翌日清晨，我一早起来到街角的早点摊买豆浆、油条、素包子、茶叶蛋，在一片鸟语花香中穿着人字拖溜达回家。进门后，从衣柜底下拖出一件没人穿的花大衣作桌布，再找来碗碟装了买好的"佳肴"，油饼、豆浆、糖火烧、茶叶蛋围了一桌子，取出店家送的小咸菜摆在中间。

陈清扬醒了，刷牙之前特意跑到客厅亲了我。

我们一边吃饭，清扬讲起一个库布里克生前最喜欢的笑话——斯皮尔伯格死后去了天堂，在大门口他被拦了下来，门卫说：你回去吧，电影导演是不能上天堂的！正在这时，库布里克骑着自行车从旁边通过并径直上了天堂。那他为什么可以过去呢？因为他是上帝本人，只不过他一直以为自己是库布里克。

"烂gag！"我撇撇嘴，"只有库布里克的影迷才喜欢这种说法，你们考虑过斯皮尔伯格的感受吗？"

他撩着我耳后的头发，说："世人皆以为，舒曼的《克莱斯勒偶记》是为了献给朋友肖邦，实际上却是献给他的女神克拉拉·舒曼，十足的一封音乐情书。男人往往只看到了舒曼的才华，忽略了克拉拉本人也是位出色作曲家，觉得女人只管美丽就好。她第一次见到他是在巴黎，当时克拉拉才十二岁，她弹的是肖邦的夜曲《Opus9，No.2》。"

"你确定肖邦和舒曼是朋友？也许他俩才是真爱。"

"所以他们共同决定打压克拉拉？"清扬看我没回应，喝了口豆浆，"这样的话，克拉拉就太可怜了。算了，那我让你当史密森。"

"我只知道史密斯夫妇。"

"白辽士的老婆史密森，understand？"

"So What？"

跟我这种人聊天，没两句浪漫的气氛便烟消云散。清扬收拾了碗碟，洗着碗还惦记别人家的情史。

他小声嘀咕："你对我就像是史密森对白辽士，遇到了一生一世只神魂颠倒一次的女主角，后来就有了1830年震惊巴黎的《幻想交响曲》。"

"就像斯特拉文斯基先生与香奈儿小姐一样？"

"不一样。"清扬从厨房探出头来，说，"你知道，白辽士的管弦幻想曲是为了描述一部'恐怖小说'？"

"不怎么记得，你好像提过一次。为了描述一场误会？"

"对，那是开头，几个乐章下来，剧情越来越惊悚——英雄用鸦片毒死自己，梦到自己杀死了痴迷的爱人，被正式逮捕后在众目睽睽下亲眼目睹自己走向断头台。曲子结尾以一种半滑稽的效果进行，他的头被唰地砍了下来。"清扬拿着盘子，自上而下做了一个"唰"的动作。

我怔怔看着他，"看你这样子，是有点儿荒诞。"

"更荒诞的是，在压轴的'女巫的安息日'，众人为无头人举办了丧礼。巴黎首演时，史密森恰好就坐在巴黎音乐厅的第一排欣赏了这部曲目，你说，她要是知道白辽士有意讽刺自己，会有什么感受？"

"阉了这个男人？"

"还好你不是她！想不到吧，三年之后他们结婚了。"

"所以说，那不是讽刺。"

"而是一场惊心动魄的表白。"

"听你说话真累，不知道你想表达什么。"

"我希望我的小脾气，别被你误会，无论我做什么，你都把它当成表白就对了。"

"我隐约感觉到你窃取了我小说的部分构思，还敢厚颜无耻地向我售卖。"

"小姐，请问你注册版权了吗？你知道什么叫知识型社会？"

"恕我孤陋寡闻，小民只听说过'一带一路'。"

他敞开双臂，咧着嘴笑道："有我给你带路，你有什么好担心？"

我们在普通人眼中一定是疯子。可以证明这一点的例子有：这周，我们从单向街书店买入一本奇怪的《牛津百科辞典》，从中抽取一些词汇来测试对方，字母 A 已经有将近八十页，我从"字母海"里随机抽一个单词"Albizia lebbeck"。

陈清扬生气了，"不会！这怎么可能会！"

"正解是阔荚合欢。"我得意地弹了他的脑门，"弹你这个无知的小民！"

轮到他出手，他快速地念："Acacia confusa。"

"什么玩意？你再读一遍。"

"Acacia confusa。"

"听起来真让人'confused'！"

我俩的脚交叉着压在彼此腿上，我伸腿踹了他一下，问："喂，什么意思？提示一下。"

"适用于形容我的植物。"

"杨树?"

"错。"

"嗯，杏树?"我撩开裙子，露出大腿。

"不对。"

"不猜了!"

"一棵相思树。"

我把手伸向他两腿中间。

他深情款款地看着我，"昨天我太紧张了，要不……"

伟大的艺术家经历着痛苦的自我重塑过程——从梦幻的忧郁，经由一阵阵莫名的喜悦，带着愤怒、嫉妒与无奈的情绪走向神志不清，最终在情人的泪水和自我的救赎中，回归温柔。

第十一章：少年先锋

我是一个大院的孩子。1989年，我在解放军总医院呱呱坠地。

我的爷爷、奶奶都是军人，于是成长轨迹由体制包办，看上去应该比其他"长在红旗下"的孩子更加根正苗红。家门口有一棵过百岁的大槐树，要七八个小朋友才能勉强环抱住树身。爷爷告诉我，这棵老槐是辛亥革命时期种下的，据说还是位有名的革命人士。

我家的院子在海淀万寿路南口，长安街的西端，院子很大，有配套的礼堂、学校、医院、大食堂，还有我家的老式苏联筒子楼。那栋楼只有三层，共六户人家，楼门洞子里柴米油盐相互帮衬，邻里熟络得像一家人。

楼上住的是大我一岁的董洲，他总是把我惹哭，但是我一哭全楼的人就全听到了，接着不一会儿，董洲爷爷就会把他拎走。楼下住着王思浩家，我们是同班同学，却从没说过话。一次王思浩把腿摔伤了，我鼓足勇气问他需不需要帮助却被他冷漠拒绝，事后我非常生气。直到有一天，我从爷爷那里了解到原来王思浩的父母也离婚了，我妈跟我爸偷偷说，王思浩的妈妈跟人跑了。我非常生气，因为我妈后来也跑了。

等到了90年代，北京天翻地覆地改变着，公有与私有相互倒戈，投机分子腰上别着大哥大，我家门后开始没日没夜地赶修西客站。妈妈怕我被人贩子拐走，不让我轻易出院门，也是自那时起，一批批来自二三线城市的青年、乡村的务工者被输运至京。这些赤膊大汉时常蹲在大院门口，黑着脸冲我们这帮小屁孩笑。

爷爷说北京变了，他是这么说的："社会主义通世界，全国通票通全国，再不是以前没有北京粮票就没得吃饭的日子了。"

好在吴双全有一个弟弟，弟弟有一个儿子，于是，吴玟顺理成章地成为我弟。

陈清扬和我情况差不多，都是独生子女，境况比我更惨。他家五代单传，连个能欺负他或供他欺负的人都没有。全说"80后"叛逆、"90后"骄纵，其实没什么人真正走进过他们的生活。我和清扬很少受到父母的管制，不是他们给我们自由，而是他们本身太自由。于是，我的童年除了看北京台翻播的粤语电视剧，就是跟我爷爷玩，他是我唯一的哥们。

好多个夏天，我都要求爷爷带我去北院捉"知了猴"，爷孙两人总在雨后的晚上出动，弓着背、拿着手电左看看右看看。这位面容憨厚的老头说："知了猴要晚上抓，不然明早上树了，就飞喽！"

爷爷每次这样一说就要把我抱起来，绕着树"飞"一圈。可惜，他比我高，总能够到高处的猎物，我嘟着嘴说"不公平"，他马上笑嘻嘻把"知了猴"放到我的篮子里。

我管他叫"老不死"，他管我叫"小泥鳅"，但我发现院里的其他人见了他都会行礼，他们喊他"首长好！"

为什么，"老不死"还有另一个名字？等我明白我爷爷和下属的关系时，大院被承租给了房地产商。一半的老楼在一夜之间被推平，爷爷找人去为老槐树办"古植物"证明，就在取证的前一天，槐树被人横刀斩断。

差不多是同一时间，北京的房价节节飙升，从每平方米几百、几千一路狂飙至如今的每平方米几万、几十万。拔地而起的高楼像是城市中丑陋的怪物，西装革履的商人挖开这怪兽，将他身上牢狱般的每一个窟窿卖给老百姓。

小学语文课本上有许多必背诗，我现在记得不多了，能形容蜗居心情的倒是有一首——"危楼高百尺，手可摘星辰，不敢高声语，恐惊天上人。"最近，我常在晚上趁清扬入睡后，在他耳边嘀咕："你说我妈是不是因为怕被闷死在高楼里，才逃走的？"他听不到，不过我想他能明白我的感受。

陈清扬的爸爸祖籍贵州，他妈妈是老北京，过去在东四有几处四合院，一个在土改的时候归了公，一个在"文革"的时候被占用，还有一个在前几年被强拆了。我以为大院隶属军队管辖，怎么也不会拆吧，可90年代中期陆军整编，后勤学院从"军级"降格成"师级"单位，我们家跟着许多老干部一起搬了出来，迁往双榆树的干休所。

就是这样，我们变成"无根一代"。口述的童年记忆不是泛黄的，而是空洞的，因为再无凭据可佐证我们的过去，老槐树不在了，筒子楼不在了，爷爷不在了。妈妈应该还在吧，却永远见不到了。仔细想想，我又很难和这些消逝的事物建立起紧密关联。许多人问，祖辈、父辈的关心为何一定要成为我的关心？是啊，走了的、留下的，到底关我屁事？人人向往自由，却不明白任何陪伴都是暂时的，我们生在此刻，如此风流，却一览无余地预见着自己的结局——无论生死，我们始终以个体的形式与整个世界发生联系。

想到这里，我又想发疯，我甩了还没洗的剩菜盘子，"你是你，我是我，我们永远不可能成为我们。"

陈清扬赶忙跑过来，快速搂紧我，用脑门蹭着我的后颈说："没事没事没事没事，我在，没事。"

我勉强笑笑，"痛经而已。"

下午，陈清扬照例会去乐队排练。我耗在家里看书、写稿。都怪我那天光顾着和罗氏夫妇搭讪，怠慢了王韬的个展作品。现在，徒有一层最初印象，隔了一周，这印象已是折扣大打。

继望京偶遇后，Naomi接连几天打电话约我出来。她说你无须为展览的事发愁，主动提出来带我去王韬工作室拜访艺术家。换在以前，我肯定反对，因为评论需要独立客观，一旦和艺术家相熟，采访了或者上过床，笔头增添了负担，总想着要对艺术家负责，累得很。我将这话告诉了Naomi，她却在电话那头笑出声来，"什么年代了，是你睡他，他还未必愿意对你负责呢！"

约在798东隅的At café见面，我坐在露天的绿色帐幕下等了不到五分钟，一辆红色的法拉利跑车停在咖啡厅门前，艳红色闪得我一阵晕眩，Naomi着黑色吊带背心，上围包得紧紧的，见到我先按了下喇叭，然后推了推鼻梁上的黑超墨镜，"嗨，'王菲'，上车！"

有时，我怀疑Naomi是苏格兰女画家Lucy McKenzie作品中有情色倾向的模特，她被悬挂在许多男人家中，画中的她正撅着屁股自慰，手指强而有力，胸部抢尽风头，起伏之间，教人跟着她在指尖丧尽天良。

我们一路向东驰骋，出了北京城，进了通州。宋庄的院子基本都是红色、灰色的砖墙，有钱的画家就一人独享庭院，将宋庄村民租给他们的房子改装成排屋、别墅；没钱的就几个人合租一套，隔开几间工作室，各做各的，碰上展览的机会，就互相通气。策展人看上其中一个的作品，往往要"捆绑销售"，同时展出另外几个的，怕没有个由头，展览导言上就会把多人并入同一类风格，"××代""××组"艺术家的名号应运而生。自1995年圆明园画家村解散后，不少艺术家搬进宋庄，有人说宋庄是中国当代艺术的圣殿，也有人说这是埋葬灵感的土坟。

下午3点半，宋庄艺术村里一只可能属于艺术家也可能属于农民的土狗，朝着红色法拉利狂吠不止。

Naomi一手夹着香烟，一手倚在车门上打电话。没说几句，就有一个梳板寸、大腹便便的中年男子走了出来，紧身的白色衬衫与肥大的白色运动裤中间由一条黑色的Gucci腰带连接着。他拥抱了Naomi，Naomi扭过头来兴奋地向我介绍，这就是传说中的王韬老师。狗不叫了，看来它是王老师家的。

"王老师，哎哟，我上次来可没见到这么精彩的大画！怎么想起来画大尺幅的？几日不见，功力大增！"Naomi一进屋立刻摘下墨镜左右打量，将事先准备好的溢美之词逐一吐出。

"你是很久没来了，上次的画我给了德国一间画廊。现在在做一些跟禅修、心性有关的作品，比以前的要抽象，怎么样，看出什么名堂了？"

"很毕加索嘛！"

"不是吧？"王韬转向我，"我倒是想听听你和你这位朋友的意见。怎么称呼？"

"那你可问对人了，我这个朋友是香港最最有名的艺术记者，现在做独立评论人了，还是个作家，你在无尾音的展览，她有份写评论的哦。"Naomi 的长睫毛直冲我一眨一眨，我成了她的救星。

"吴瑾榆，怀瑾握瑜的瑾，榆木脑袋的榆。王老师，你这批新作品还处于摸索阶段？"

"你这样看？只能说，画了三个月，我还在做尝试。"

"想把画做出装置感？"

"对，不过……"

"老师，那个，吴小姐讲话比较直接，您别介意。"

我抢过 Naomi 的话："不过，你这些东西和日本的物派比差远了。"

王韬有点不耐烦地皱起眉头，清了清嗓子，"那您倒是说说看，我差在哪儿了？"

"画中的物体没有劲儿，像时下流行的极简风格，实际却是为了效果刻意做的。关根伸夫的《大地之母》只有一根圆柱，却能从压缩的结构中提出正负空间两极的反差。如果你想做日韩那种极简，那你估计生错了年代和地点。如果非要问我，现在这个情况还能改吗？我劝你，别做加法，多做减法。"

王韬捋了捋头发，愣神想了一会儿，他示意助手给我们倒茶。

"王老师，瑾榆她人就这样，没什么恶意的。"

"不是完全没道理。"

助手端上茶，正是用日式的茶具为我们沏上宇治的绿茶。

说了真话，我丝毫没觉得不好意思，拿起杯子直接喝，"宇治很好，茶好，又是《源氏物语》的故乡。"

"对，四个月前，我去了一趟京都，正好他们那边的美术馆想为我做展览，我看了关根伸夫、吉田克朗、管木志雄、李禹焕的一个联展，作品非常好。我回来以后，一直在想中国应该有这样的好东西啊，而且他们是受到我们的禅宗影响的，只是很可惜，没人在做。"

Naomi 说："这是命运注定要您来做。"

"鬼使神差地画了这批作品，我倒是没想着非要挪用他们的东西，不过想让自己尝试些不同，与以前我画的那种西方的造型、摹写不同，用你们年轻人的话是多一点维度吧！"

"难怪您的作品乱，想讲的东西太多，看起来太臃肿。你把一棵树或一块石头仅看作树或石头，其实等于没看见。树和石头既是树和石头，又不是树和石头。你非要给一个空象做定义，那你肯定玩死自己。你把这些东西具体化地放入生产线，那就画死了画。"

"我该怎么给它画活？"

最怕艺术家反问我解决问题的方案，我摇摇头说："我也不知道。可能得再多画一些，等画坏了，画出通病后，也许，就离好的东西不远。"

临走之前，Naomi 多番鼓励王韬，提醒他有了新作品之后一定要联系她，她想策划一个中国先锋艺术家大展，到时候一定邀请王韬参展。王韬认真询问展览将在哪里举办、作品有没有递交时限。

Naomi 说话没个准数，她嘻嘻哈哈地搪塞说："快了快了。"

我走前，王韬倒是使劲握了握我的手，权当是说了句感谢，他要我有空再来玩。

我说好，看得出来这位算是老实人。

出了门，狗不吠了。

Naomi 夸张地竖起大拇哥，"真想不到，你还挺有料！"

我瞥了一眼她的大波，"你的是真材实料。我胡说的，完全不知道自己在说什么。"

"难怪圈里不少人都把你当朋友。"

"讨厌我的人也不少。"

"例如？"

"您以后都能遇见，说不定已经遇到了。"

"对了，我还得去趟季周那边，一起去吧。"

我恍然大悟，这是宋庄，季周工作室也在这里。

"别想了，拿出你刚才训王韬时的劲儿，别磨磨蹭蹭的，走吧。"

刚在王韬画室里气定神闲的劲头一下子没了，我像条被拔了门牙的狗，被 Naomi 牵着鼻子走。

不记得是第几次走入季周工作室，他将工作、家庭分得很清楚。结婚以后，我相信他家里的装潢一定改了不少，按照老婆的喜好和新生儿的需要，至少他卧室墙上那张巨幅的《隐君者女之五》肯定是要摘下来的，太露骨，画中的女子赤身裸体，手在胸间厮磨，鎏金的红唇微微张开。

甫步入工作室，我没想到这张画竟被移至他客厅的中央。张涛帮我和 Naomi 递上普洱茶，他说许多土豪藏家与他们议价，有意收藏这幅画，都被季老师一一回绝。画作的右下角赫然贴着一个标签——"非卖品"。至于昵称"隐君者女"，季周解释过那是因为我似毒品一样让他上了瘾，明知道这样下去不会有结果，想戒却戒不掉。他以此为由，不止一次在我身上反复搜索，寻觅我的藏毒之地。"隐"是上瘾，又是隐藏。

张涛搂着Naomi的腰，告诉我们来得不巧，季老师正好和洪鑫出去谈事情了，带着吴玳一起去的。我猜，应该是洪鑫过来付账了，把之前香港展览卖掉的画款拿给季周。他还说，季老师就算回来也待不久，季太太和女儿正在楼上等他，"我给你们介绍一下？"

"不必了。""好啊！"我和Naomi几乎是同时作答。

软牛皮沙发与巧克力色的Naomi相得益彰，Naomi向张涛使了眼色，张涛马上转态："那就算了，下次等季老师亲自引荐。"

Naomi问："Honey，你前几天不是说要去西安调研吗？咱还去不去？"

"宝贝啊，我也想带你一起去。可是主办方拿不出来多余的经费，这年头钱不到账，没人做事的。我要是不挣钱，将来怎么养你啊？"

张涛话音未落，楼上的女子碰巧下楼接水。

人在预想之中越是不想见的，就越有机会见到。季太太穿了一条灰色的长裙，亚麻布料上印了些黑色碎花，二十多岁的样子，头发长长卷卷的，这便是央美女生一种常见的姿态——有点波西米亚的美，但本质还是希望别人夸赞她们有中国古典美女的品位、格调和涵养，因这"三有"常被用来夸赞旧时代里走出来的现代人。

她见到我们，腼腆地莞尔一笑，两个酒窝浅浅的。

"季夫人，Hi!" Naomi说。

长裙女孩向Naomi点点头，径直走向厨房冲奶粉。

Naomi一脸八卦，"张涛，哎，我一直听说央美版画系有个小舒淇，挺漂亮的，就是她?"

"你听谁说的?"

"你别管，先回答我的问题!"

"具体的我不清楚，校花肯定是，不知道是不是小舒淇。"

我插嘴说："有点像。"

"哎哟，季老师怪有福气的啊，难怪他不喜欢我了，原来家花这么香艳。"

"我就觉得你好看。"

"么!"隔着我，Naomi向心上人送上一个飞吻。

张涛看出来Naomi正在羡慕小舒淇，他思考着如何哄她。

其实Naomi自信得很，34C不是凡人想有就有的。她称胸围这件事是女人的"国家大事"，必须要从娃娃抓起。她之所以能有傲人双峰，还要多谢她妈放在床头的避孕药。因为激素作用，误食之后，她的胸在青春路上领先其他"选手"，中学时后座的男生不止一次解过她的胸罩。第一次她气哭了，第二次、第三次之后她反而习惯，索性在背上贴了张纸条——"如果想欣赏美景的话，可以到教学楼三的洗手间里见"。那里没什么人，一次收费五元，服务周到，备受回头客追捧。

在Naomi众多的男友中，张涛着实算不上是人物，但是难得他对Naomi说一不二，在北京艺术界算有些资源。正所谓良禽择木而栖，Naomi说想要混得好还是得抱上一棵树，那棵树最好是枝干粗壮而纹理细腻的，大树得不到，小树也成。

这时，Naomi绕过我坐到张涛大腿上。爱抚了两下之后，她把舌头伸进张涛嘴里。

比起季周的老婆，我反而更有兴趣看看他女儿。我轻手轻脚地踏上楼梯，转角房原本是季周的书房，现在被改成了儿童房，打过蜡后反着光的实木地板上架着一张婴儿床。

"你好。"

"你好。"

我和小舒淇打了照面，这才发现我无法称呼她"季太太"。

他们的女儿躺在由白色蕾丝装饰的摇摆床上，正酣睡。小娃娃的皮肤雪白，形若一块汉代白玉圆雕，温润晶莹，精雕细琢。两块绯红的脸蛋恰好可被看作红色的玉皮，把汪汪泉水锁在玉皮子底下。

"她更像爸爸。"小舒淇看着女儿，不由地笑着，她们母女的眉眼中都藏着一汪水。

"鼻子最像，特别可爱。"虽然没见过季周小时候的模样，但我在过去却憧憬过我们的孩子会是怎样的。想象远不及现实那般饶有质感，当我伸手想要触摸这白嫩的小脸蛋，心里一惊，陡然蹿过一些怪念头。我发现自己正介意着与我不相干的事，每一个结果都由一个漫长的过程形成，我看到这纯洁的孩子，就看到他父母做爱的体位。在某个瞬间，插入与抽出的机械表演之后，两具皮囊瘫倒在床上，劲头过去，无尽的空白染指了整间房。

"瑾榆，我们该走了！等下你老公的Live就要开始了！"Naomi单手撑在巴洛克风格的旋转楼梯扶手上整理衣褶。

我和小舒淇道了别，临走前忍不住再看一眼宝宝，的确更像季周。

在回程路上，Naomi 一直问我上楼干了什么、孩子漂亮吗、和小舒淇聊了什么，她见我都不作答，最后意味深长地看了我一眼，问："你和季周到底是什么关系？"

夏夜凉了，那晚 Manic 并没有演出。红色跑车驶出宋庄永远修不好的土路，卷起飘渺的风尘，消失在漫漫凉夜之中。

第十二章：愚公移山

　　叙述的声音熙来攘往，渐渐消失，穿插交织在一起，我们弄不清楚究竟是谁在说话，反正有人说话就行了。形象不复存在，除了言语，什么都没有。倘若对方的声音消失了，那他的形象也就消失了，因为爱情是单一逻辑，是偏执的，而文字是异杂逻辑，是纷乱倒错的。他或她仿佛在遥远的云雾中移动，没有死去，只是凄凄地活在冥府。又或者，爱情是美国工人阶级穿过的蓝布工服，颜色褪了又褪。我在想，疯狂的感情，越是疯狂，纯度越高。

　　高中时代的清扬曾一度迷恋上抽大麻，纯度很高的"玫瑰"。

　　他在一次演出结束后，牵着我轧后海的马路，他说大麻树在生长时，如果先采下草，整棵树便会很快凋谢，不会走到开花那一步。也许是因为等花的周期更长，"玫瑰"成为迷倒众生的尤物，它的四氢大麻酚浓度是"草"的三四倍。

　　我对玫瑰很好奇，问："抽玫瑰的时候有什么感觉？"

　　"很难兼容。我试着打个比方……那感觉就是你明明知道放在你面前的是一杯水，但你看到的却是一朵花，水就是花，你明明觉得它离你很近，但你摸不到它。"

"听起来像是断片之后睡了不该睡的人。"

"也不像，就像现在，有你在我身边，特别舒服。"

"看来这种感觉是很私人的，你无法解释。"

"对，像是……世界上只剩下我们两个，不必穿衣服，尽情裸飞。"

"裸飞？看来小学思想品德课上教得没错，毒品挺神的。"

"不是都给五星恶评吗？"

"Big brother is watching you." 我用手指了指双眼，又指了指清扬，"嗯，你敢再嗑药？！"

"傻帽，你喝多了。"清扬揉着我的脸。

这男孩混合着天使与魔鬼的性格，多数时间他是天使，变成魔鬼后，如果维他命犯法，他就抽维他命。而我，我可不擅长喝酒，喝了酒相当于抽了东西，这成为我虐待自己的最好方式，于是才会出现上次酒精中毒被清扬、吴玳一起扛回家的事。

"我在你面前不用扮成熟，不抽那个，照样倍儿帅，对吧？"

我狂点头，很高兴他已经浪子回头。但我还是放心不下，要求他向我承诺不再碰这东西。至于给他提供"玫瑰"的川子，我是真心讨厌。清扬今天出门时告诉我晚上在"愚公移山"会有Manic的演出，我可以去看，可以不去，要是我来了就告诉他，他演出完就过来陪我。我说好。

大概是因为快要入秋，所剩无几的"桑拿天"着了魔似的燥热，天气预报说有36℃，我觉得肯定有40℃。因为受这恶劣天气的影响，我吃了吐，吐了吃，再吃再吐，反复好几天。

我的病害得吴玳从工作室请了假，连续一周在奶奶家照看我。我从他口中得知，洪鑫靠《归来》系列大赚了一笔，却不按照事先说好的比例分账，只给季周他们结了一百八十多万，余款拖着不给。画呢？卖不出去的作品也拿不回来。庆幸的是，季周脸上的伤已无大碍。

"去看看医生吧。"吴玳又开始做鸡丝汤面了，我怀疑他只会做这一道菜。

"快住手吧，就是你的面给我整恶心了。"

"我发誓，绝不是面的问题！有一次过年，你爹还夸我做得好吃呢。"

"吴双全最近给你打电话啦？"

"上周打了一次，他找我爸有事，也问了一句关于你的，问你现在住哪儿。"

"切，我还能住哪儿？"

"天气热，不然我下次换做鸡丝凉面吧？我再重申，面没问题。"

"那就是你的鸡鸡有问题。"

"靠，女流氓！不许调戏我！"

"哼。"

"姐，不然，我们晚上去找姐夫玩吧，别老闷在家里，放松一下没准能治你的病。"

"你他妈才有病呢。"

他说得没错，每逢夜幕来临，我就找回真身，神似守在中世纪欧洲教堂外的石雕，挥舞几下翅膀，转身翱翔在黑色天际。

差不多10点，我和吴玳与各种范儿的男女老少集结在

"愚公移山"门口，门口挂着巨幅宣传海报："Manic！硬核摇滚力量，夏末热动北京！"

进场时，不少人手拿啤酒，正和身边的朋友聊爱情、聊股票、聊人生，就是少有人聊音乐，现场演出反倒像是一场贴身服务，要等客人完全卸下伪装，舞台才会咿咿呀呀地亮起来。吴玳在吧台买了两杯啤酒，他自己先咕嘟咕嘟干了大半杯，"你别那样看我，我渴。"

随着新入场的人一排排堵在后面，我们像前浪一样被后浪拍在人肉堆砌的"沙滩"上，不知不觉已被挤到舞池一隅。台上的射灯不停变换颜色，今天的演出没有暖场，陈清扬披着一头银发、抱着电吉他跳上台，"我不想知道……"

这是何处偷来的假发？我笑着，接着硬朗、沙哑的嗓音即刻打穿了密密麻麻的人墙，击中我。

在第二句话之前清扬按下了一个中音"do"，接着鼓手乐天摇着头在军鼓上加点朋克的感觉，贝斯手张昊站在另一边跟着鼓点轻轻踩脚，不拖泥带水地俘获全场观众的心。年轻男女搂抱着，肆意地拍手摇摆，穿迷你裙的女人甩着漂亮的臀部，好像全世界都翘着臀向我蹭过来。

"当摇青真好！"吴玳冲我挤眉弄眼，他盯着前面女孩的屁股，他在数这一排有多少个屁股。

一年前，陈清扬约我第一次见面也是在"愚公移山"，面对着让人晕眩的红橙黄绿青蓝紫，和香气扑鼻的人山人海，我诚实地告诉清扬，如果是我一个人生活，会有勇气自己吃饭、看电影、旅行，就是不敢一个人听摇滚，我怕听到自己内心的呐喊。

他回了我一句，"如果咱俩在一起，我陪你逃离喧嚣。"

此刻站在台上的他，低着头，披头散发却不狼狈，像刚参加完 Woodstock 的美国青年，像朋克摇滚乐队 Sex Pistols 的 Sid。在音影律动间，他轻轻摆动脑袋，下面的人就前仆后继地陷入狂热。乐队名字 Manic 和 Mania 只差一个字，再进一步就将沦为真正的狂热。

"别说我像 Sid，我不想你做 Nancy。"耳边隐隐浮出他说过的话，从狂热的爱开始，真正的恋人不能草草收场。

我的目光快速地扫过男人女人、老的少的，他们在快节奏时扭动，慢拍时沉醉，渐渐沦为旋律的奴隶。绕过他们，我的目光又回到大男孩身上。台上的他肆无忌惮地摇着头，弹着、笑着，从主歌滑入副歌，他会微微抿起嘴来，脚尖打着节拍，灵魂前后摇动。

前面站着的漂亮"屁股"兴奋地冲另一个"屁股"大喊："主唱好帅！"

她朋友没听清，于是她肆无忌惮地大喊了一遍："主！唱！好！帅！我要睡他！"

我心里有点高兴，看着陈清扬，她说得没错，我也想睡他。

"哎哟，这不是吴瑾榆吗？操，真巧！"

这訇然的呼唤逼得我回头，我发现来者是潮人打扮的川子。五米之外，烟鬼的味道驱之不散。

"嘿。"

"很不错吧？"

"是。"

"最近怎么样？"

"你说什么？"

我不是装的，那阵我确实听不见。

川子用手做了一个卷烟的比划，指了指门口，我拍拍吴玳，这傻子笑嘻嘻地点点头，马上又跟着节奏摇起来。

"我刚才问，你最近如何？"川子拿出一根雪茄，问我要不要，我摆摆手，他变魔术似的又变出一盒云南红河。我拿了一根，他掏出火机为我点上，我说："谢谢。"

"怎么回北京了也不告诉哥哥一声？"

"怕您忙。"

"嗨，美女回来，我就不忙了。"川子瞥了我一眼，嘴角抽动地笑着，他不慌不忙地用雪茄火柴点燃，深吸一口却不过肺，烟气经由口腔流转，被他慢悠悠地吐出来："听陈清扬说你们准备结婚？"

"就这么一提，还没落实到日程上。"

"挺好的，陈清扬正经不错，老爸又有钱。我这好多女孩都盯着他呢。"

"那我是耽误您做生意了？"

"哈哈！我怎么舍得伤你心？她们都是路边随手消费的香烟，抽起来没味道的，你是'玫瑰'，刺多，够猛。清扬属羊的，就他妈爱吃草。"

"差不多了，我进去了。"我捻掉抽到一半的红河。

"我听说季周也喜欢你，挺有一套的啊，今天才发现你确实漂亮啊，小巧精致，而且有种别人说不出的味道。如果有空，哥哥我单独请你吃饭！"

第一次听川子夸我，两个感觉：居心叵测、毛骨悚然。

等我一个人回到台下，在震耳欲聋的音浪中我闻了闻我身上的味道，没有他说的那种味道，可我还是止不住生出第三种感觉：恶心。事实证明我和川子之间是没话可聊的。当着清扬的面，他可以假装成朋友，私底下竟扮起采花大盗来，可笑。好在他识趣，没跟过来。

过了二十分钟，舞池的热度丝毫不减，吴玳依旧兴奋地摇着头，手指着天，眯着眼，他看了一眼屁股，然后扭过脸看到我，他的摇摆随即停滞三秒，问："是不是不舒服？"

我点了点头。

估计离演出结束还有半小时，他决定给清扬发个微信，先带我撤了。本来说好了完事一起去吃小腰，为Manic庆功，现在真是扫兴。

"姐，Manic真棒，上次在香港光塘Hidden Agenda看姐夫的表演也是特棒，还唱了一首粤语歌……"

"你才光呢，那是观塘。"我把头靠在他肩膀，脑子里装满了糨糊，在出租车的行进中上下颠簸。

"我觉得看Live还是要在一些比较Raw的地方，最后地面是凹凸的，墙面涂满涂鸦，哎呀，全场站满了肌肉纹身男……"

"原来你好这口啊，那我下次多送点杜蕾斯给你，你得预防艾滋。"

"靠，女流氓，又来了！三句话不离荤段子！"

"纽约有个CBDB，香港和北京都在复制它的成功。"

"这么说，你觉得表演不够精彩喽？"

"人对了，地方对了，歌选对了，气氛才能上来。"

"你觉得咱北京的观众水平不够？"

"没有，我觉得我们北京最牛逼。"

我眯着眼睛看吴玳，他还是一脸的不解。

每次演出之前，陈清扬习惯抽两盒烟，如 Kurt Cobain 那样帅气地吞云吐雾。吴玳在后面跟着学，总被二手烟蹭了嗓子。我把吴玳当亲弟弟来看，也是因为他有着一双不会骗人的澄澈眼睛。

北京长大的文青心里都渴望自由，想要扮出一副"放浪形骸"的模样，他们爱 60 年代的 The Beatles、The Who 与 The Kinks，也爱 70 年代的 David Bowie、Marc Bolan 与 Roxy Music，就是不爱本土摇滚，不甘心被打上任何标签，或被归成某一种背负了刻板印象的人。时代无罪，孩子们希冀通过热爱英式摇滚来实现他们猜火车的梦。

"原谅我这一生不羁放纵爱自由""喜欢你那动人双眼"——从小听周边的朋友唱到现在，似乎粤语歌把平时说不出的缠绵情话，诉诸了另一种有机的表达形式。北京人爱唱粤语歌，不知道算不算是另一宗罪。最为人所熟知的一定是 Beyond，据说黄家驹走的时候，哭碎了几卡车北京乐迷的心。

出租车上，吴玳和出租车师傅侃大山，他们侃滴滴打车怎么赚滴币的事。

我打断了他们，不合时宜地问："吴玳，你喜欢看《2046》吗？"

"那片子有点儿怪，梁朝伟讲广东话，章子怡说普通话，两人的对话竟然没有停顿，接连通顺，奇怪奇怪。"说完，他又马上回到滴币的讨论中。

看《2046》，你在不同阶段会有不同感受。赴港第一年，我只听得懂普通话；第二年勉强可以进行广普切换；现在再看两种语言一个是母语、一个是日常用语。从听觉到感知，是差不多的熟悉，这直接影响了我对自己的定位，我是不是该将身上北京的那一部分切除，简称自己是香港的人？然而，香港的人不同于香港人，我还是爱听清扬用不纯熟的粤语发音慢慢吐出粒粒文字，喜欢北京佬身上那股子浑劲儿。

伴随着成长，总有一些新的单词冒出来，不认识的英文单词很多，但当它们中的一些被翻译成中文时，我还是不认识它。音韵可以被读出来，含义却总束之高阁。等到数年之后，曾经的认识也变成不认识，这时我已经学会运用个体的经验来臆断单词的含义。可惜，刚被我赋予含义的词汇，几天过去，又遭遗忘。我遇到了新的男女朋友，偶然聊起这群被遗弃了的单词，心里徒生出一种感觉：我说不出来它的意思，但我大概知道它的意思。

《2046》对我而言，就是这样一个单词。我与它之间，塞满故事。例如，罗诺德在没听过王家卫之前，曾不下两次问我："你确定名字叫《2046》？不是罗贝托·波拉尼奥的《2666》？"

今日，在我的故事末了，吴玳把我送上楼后就回宋庄了，季周半夜发短信要他整理一个明天要用的档，据说和荷兰新展有关。

我趴在沙发上，不知躺了多久，直到一股草腥味把我呛醒。这时吴玳早已离开，清扬躺倒在我的身边。

"川子送你回来的？"

"喂，上床睡。"我拱拱他。

"不要！"

"怎么了？你身上什么味？"

"你甭管。"

"你抽东西了!?"

他没理我。

"肯定是川子给你的。"

陈清扬猛地甩开我的手,"你烦不烦?就看川子不顺眼!你怎么不说是季周给我的?丫还想毒死我呢!"

"你说什么?再说一遍……"

他转过头来面对我,"说就说,你他妈烦不烦?"

"不是这句,后半句。"

"你自己心里最清楚!"

"我就当你吸了东西在抽风,我累了。"脑子里一片空白,我害怕,我无心恋战。

"你以为我不难受?你和别的男人睡觉,我还要在家高枕无忧?你回北京了,连告诉我一声都嫌麻烦?"

"谁和你说的?川子?洪鑫?"

"你就算养条狗,还得负责吧!你既然不知会我,凭什么过问我的生活?"

我忍住不哭,忍住不回嘴。

"他大我大?跟他爽,还是跟我爽?你勾引我跟你做,就是为了能作比较!"

转身,我去厨房倒了一杯水,跑到他身边,全浇到他头上,一滴不落。

他变成一摊泥,瘫在地板上。他的银色假发脱落在地上,抽搐着喘着大气。

我拿着空瓶,心里有些后悔。说实话,我从未见过陈清扬有这副脸孔,刘海贴在半张紫黑色的脸,语气里充满了对自己的讽刺。

我蹲下来试图抱住他，像是小时候掏鸟窝以后手捧小鸟一样。他起初挣开我的手，但当看到我的泪滴在他身上，他不再动弹，也不说话。这个世界以一种宁静的肮脏的方式存在。他说得都对，我没能洁身自好，凭什么指责他。

　　"你这是做什么？"

　　"吴瑾榆，能不能不要对我隐瞒？"

　　"能不能不要因为我，惩罚你自己？"

　　"吴瑾榆！我也不想……可我他妈的控制不了！"陈清扬捶胸顿足。

　　"都是因为我才害你活得这么辛苦，不然我们分开吧，这样……"

　　清扬忽然抱住我，他的泪珠变成拨浪鼓的两条小红线，左右敲打着他的脸和我的头发。

　　"那我发誓，我不再见他，永远不见。你这样我也不想活了。我现在特别难受，感觉每天都像坐过山车，提心吊胆，战战兢兢。求你答应我别再这样下去了，好吗？求你，以后的日子，你要我怎样都好，我愿意补偿你，变成你喜欢的样子。"

　　"别补偿，不要改变。"

　　"好，好，不补偿，不改变。"我把这淋湿的小鸟揽入怀中，用我的下巴抚摸他的头顶。

　　不知过了多久，我们在绿松石色的沙发上睡去，还未发梦就已醒来，看看白色的石英钟，指向凌晨5点。两个人擦去彼此面颊上的泪痕，而后，如两根面条匍匐在一起，四脚纠缠。我打开电视，放入一张看过的电影碟片。

　　战后日本荒芜的土地、流离失所的孩子随着黑白胶片被一帧帧展开，凄凉的独白缓缓响起，阿伦·雷乃的《广岛之恋》是我和清扬每次吵架后必看的电影。有时，我们也会看《蓝白红三部曲》和《祖与占》。我的爱人表情忧郁，忧郁起来眼神空空洞洞，银发少年从舞台上走下来，褪去光泽，他黯淡地打趣说："《祖与占》是电影史上第一部描述3P的片子。"

这些影片让人着迷的地方恰好是，在它们漫长、松散的叙事结构中，忘却了争吵，迎接更加漫长、松散的倦意。

人的历史是那么不堪一击，有时候甚至比一个国家还不堪。因为人时刻都在以个体在时代中的体验来重构自己的过往，添油加醋或是刻意回避，那些细小的罪恶在掩饰中被无限放大，历历在目，看上去，从不真实。《广岛之恋》的尾声，法国女人与日本男子在咖啡馆重逢，女主人公只是遥远地看着他，她不敢靠近。

有时候，我会渴望这种保持距离的恋爱，有时候，我担心有一天我与清扬会变成电影里的人物，不再爱了，或是彻底丧失了爱的能力。

我起身煮了一包泡面，放了清扬从不吃的豆腐。等面上桌，这男孩便用筷子将豆腐一块块挑出，扔到我碗里。他憎恨所有和"腐"有关的辞藻，诸如腐皮、腐竹、豆腐之类，他也不吃生鱼片，因为在他十岁那年，妈妈死于细菌引起的急性盲肠坏死。他遗憾地叹气，没怪我不记得他的喜恶，然后若无其事地继续吃面。

战争结束，我心有余悸，清扬看起来已恢复过来。他只是觉得头痛得有些轰轰然，大麻的药力过了，他要适应一会儿。

我的手机上有季周昨晚发来的微信，季说："听她说你来看过小耆英了？谢谢你挂心，我很好，只是有点想你。"

从这两个男人身上，我突然明白一件事：每个人都有自己的禁区，在那里藏有布满伤口的秘密。如果我戒不掉季周，无异于强迫陈清扬在不疗伤的情况下再次受伤，届时他会想尽各种折磨自己的方法来止我的痛。

纵使再残忍，我也不能。

第十三章：有些事你不会想知道

电影是光影，人看了好电影就会有后遗症，甚至让人分不清戏内戏外。Live表演前，陈清扬心情忐忑，表面却装得平静如水。他会借我的计算机来，一部接一部看老片。我不打扰他，靠在他身边睡觉或看书。

整个下午过去，直到我戴着珍珠耳环，套着黑手套，穿着红舞鞋，裸着出现在他的面前。

他一看就笑开，"你从哪儿翻出这些古董道具？"

"全是老吴家旧藏。"我妖媚地扭着腰身，"你能看得出来，这一身行头出自哪三部电影吗？"

我努力踮起脚尖，缓缓移向床边。他搂过我，手指从耳朵滑到手臂和大腿，温柔地说："嗯，《戴珍珠耳环的少女》《戏梦巴黎》和……"

"你也有不知道的？嘿，猜不到了吧。"

"《红菱艳》？"他为我裹上床单，然后把我推开，他选择继续看电影。

我蹬掉鞋子，上了床扭动着发出各式呻吟。

直到最后他不得不屈服，无奈地看着我，说："有的时候，我真挺怕你的。"

"怎么了？"

"我怕你，我不知道你想要什么。"

我刚一想要沮丧，陈清扬又给我塞了一颗"糖"。他转过来亲吻我的脖子，说他爱我，是我改变了他的价值观。其实，我只想尽量去理解艺术家的心理，因为光看他们的作品是不够的。

"那你以前的价值观是什么样？"

他没理我，报之以舔舐。他用嘴舔掉我的耳环和手套。我像坐在一个温柔的海椰子上，舒服地叉开双腿。他的下面起了反应，有点尴尬地指指说："以前，我不会这样。"

"人在赤裸的时候，不都喜欢玩游戏吗？"我托着腮帮看着他的下面。

人在享受宠爱的时候，会有一种想展示自我的欲望。

历史上那么多美女做过人体模特，有的是罗丹的情人，有的是毕加索的情妇，她们在摆造型时想着今晚吃牡蛎还是青口，配法国酒还是西班牙酒。如果艺术家的眼神里有一些暧昧，她们通常都能嗅出来，半推半就地上了床。可惜，她们通常会对情人的才华漠不关心，因为她们知道，画家处在另一个世界。

做记者的时候，对谈中高频出现的词汇有"灵感""意念""启发"。不得不提的是"诗意"，这个词真是奇妙，它能跟任何名词组合，给读者擓一勺诗骚并举的心灵鸡汤。

"你可别用诗意来形容我的作品，折煞我不说，还毁了这个词。"这是季周在一次记者会上的回答，提问的记者显然不满意这个答案。

那名女记者拿胳膊肘杵了我一下，冲我挤眼睛，"你不觉得季老师这是在耍大牌？"

我不以为然地笑笑。

创作中的季周不耍大牌，他的脸上毫无表情，眼里只有笔下的线条，眼珠随着深浅不一的触感游走，专心感受着下一笔将落在何处，揣探画布内外的空间。肖像画的起步是一个长镜头，季周在画布和模特之间来回走，背着手走，默默将模特的神韵记录下来。等到起稿完毕，他就不再瞄模特，全心投入画布的世界。

可你若以为他不看你，想伸一个懒腰，他会在你打哈欠之前叫停，"别动。"

修改和涂抹是不可避免的一部分，光是《灰黄》系列季周就前后画了三年，《隐君者女》更久，差不多有五年，正是我们在一起的那五年。奇特的是，自从成为他的模特，我不怎么需要出席他的每次创作，或者说我不在的时候他也可以画我，经由想象或是基于对我的了解，酝酿一个"我"出来。

我认识季周的时候，他已经是中国当代艺术界第一梯队的艺术家，拍卖行千万成交纪录的保持者。私底下，他和普通的中年男子一样，喜欢聊八卦、喜欢偷瞄美女、喜欢讲黄色笑话。然而执起笔来，他会变得严肃异常，仿如将要上阵杀敌的主帅。这么说可能不够准确，他更像一位武功极高的隐士，功夫尽在弹指一挥间。他要不断琢磨每个色块的去向，可又不能琢磨得太过透彻，涂抹、重复、覆盖，层层叠叠，叠叠层层，动作具有随机性。到最后，画布几经蹂躏，竟显得超然起来，有人管这过程叫沉淀，季周只是淡然而道："画嘛，来的时候是块布，走的时候还是块布。"

人人都有脾气，毕竟画家也是人。抛开天赋不谈，他们的生活常常不能自理，同时敏感、脆弱，渴望得到旁人的认同与欣赏。季周在我面前，很少展现他纠结的一面，我以为这是他甚少遇到创作瓶颈的缘故。

然而，这次我去给吴玳送换洗衣服，前脚踏进季周工作室，后脚就撞到季老师斥责Naomi。骂人的声音很大，绕着螺旋楼梯飘落到"人间"。

我和吴玳同时向楼上望去，只听他嚷着："说了不要来烦我，尤其是在我画画的时候！你们一个个过来跟我东拉西扯，我还怎么画？你那么想要我的画，不然你来，你自己动手画！"头一次见季老师骂人，骂声相当有穿透力，不客气地说，他在北京骂了这一句，我在香港都能听得见。

随着声音"飘"下来的还有Naomi，她穿了一件白色的吊带背心，扎起马尾来，清爽可人。看到我，她不禁倒抽一口气，将手中的果盘交给吴玳，说："我去，他这是怎么了？骂完你骂我，可我又不是他助理。"

"Naomi姐，你别生气。原定月底在荷兰举办的展览取消了，这事本身就让人上火。外加上，老师他最近创作压力大，新系列的进展好像不怎么顺利……"

"不顺利就能随便骂人了？"Naomi左手挽起我，右手拉起吴玳，往客厅走去。但一听到有新作品，她的脸亮了起来，"小玳，季老师的新系列关于什么？"

吴玳是那种有女人靠近就会浑身不自在的男孩。此刻Naomi在他面前晃着两个球，他早就吓得魂飞魄散，每一个细胞都拉响了警报。

相比之下，楼上突然没了声息。我说我去楼上看看，他俩劝我别去找骂，没人愿意招惹一个正在气头上的疯子。可我不知怎的，我还是带着疑惑走上楼梯。或许在我这里，一早认定了季周不是那种疯狂创作的艺术家，他有着超乎常人的自控力和纪律性。下了床，他是少见的"靠谱"画家，很少会情绪失控。

画室在婴儿房的正对面，房门用带暗花的毛玻璃做成，花纹全是季周自己设计的，雾一样的结体匍匐在玻璃上，在光的照射下泛着化不开的红晕。我轻轻推了一下门，就这样打破了红晕，和里面的世界取得了联系。

通过缝隙，我窥探、寻找着季周，我希望看到他，又怕看到他。直到我看到他卧倒在画布面前，瑟缩着身体，一只手拎着酒瓶，另一只手试图够取一件东西。几个拉拽的动作下来，他的上衣和裤子分离，肚腩露了出来。

我下意识地凑近了房门，想要看清他够的是什么，这时，门不怀好意地响了一声。季周听到异动，朝我这边瞅来，他的语气分明是喝醉了，却故作清醒地问："谁？"

我踮起脚，猫下腰，躲了起来。

觥筹中的光鲜上浮，最后在接触到空气的时候通通消失不见。到底是谁让艺术家过得如此辛苦，是商业体制还是国家机器？顶着艺术家的帽子，混迹在政客商贾的周围，闻着限量版香水，数着顶级香槟中的气泡，到底在消耗什么？艺术家的天赋好比一座小山，当你走红的时候，人们一拥而上，抢着来挖你这座小山。若没有持续给养，这座小山很快就会被挖平，被刨成一个土坑。

不记得哪个人曾说过，新人在做创作的时候，总喜欢和他的受众对象掏心掏肺，第一本书掏一个肺出来，第二本书掏一个心出来，之后的第三本、第四本就掏出肾和胃。但很快，他会发现，再往下掏去，身体已经给不起了，再过不久，就是气数将尽之时。所以，我听不得艺术家说"挖掘"，无论是挖掘真相、挖掘丑恶抑或挖掘内心深处的东西，这话里包含着一种原始愚昧的魔力，驱赶着人们去奉献。

Naomi从我身边走过，她推门而进，接住季老师的问句，"是我，季老师，我给您煮了点醒酒汤。"

"谁说我醉了？"

"嗨，没人说您醉。"

她喊我不要在门口愣着，季周摔倒了，快来帮忙。

我在满屋子的丙烯气味的引领下，飘了进去。我走在季周的画中，踏入凌乱、潦草的油彩，被某一个未干透的笔触绊住了脚踝，颜料中的油脂似水草一样缠住我。画家的思想不会停滞，他对作品永不满意，永远在思考如何再做调整。为了画出幅惊世骇俗的作品，他宁愿覆盖掉原本已然成型的画，挥别之时绝不会留恋画中盯着他看的"隐君者女"。

季周的画板上画了一条小路，经由透视的原理，它虽然尚未完成，已经开始向远方蔓延。它是白色的，每个定格的画面，皆是白色的驿站。想要明白一个画家，不要和他上床，要看他画坏了、画不下去、不敢画什么，在他难以承受的恐惧背后，才是不加粉饰的本人。

这时，张涛带着小舒淇从外面办事回来。

张涛上楼来帮季老师，不料也被训斥。

季周甩开我们，直了直后背站起来，独自捡起地上的笔。他用笔头蘸了一点黑色，将白色的路勾了出来。

看他作画的人，缓缓退到门外。

关门之前，我一扭头，见到小舒淇怀中的小耆英，她正看着爸爸，眼泪汪汪。

骤而之间，我好像明白了"水汪汪"所饱含的深情。

我的身体痉挛性地打颤，因为陈清扬已经射在里面了。

第十四章：风雨哀思

　　有人以睡眠来划分每一天，一觉醒来，就是新的春秋。如此睡得多了，就比常人多活几十年，甚至上百年。大约1点，电视机黑着脸，停留在片尾的最后一格。我从沙发上醒来，看见清扬留在饭桌上的纸条："回陈家拿东西，速回。"

　　纸条旁的细口玻璃瓶中插着一朵粉红色的玫瑰。

　　正当我打开冰箱翻找没过期的食物，吴玳忽然打来电话。

　　他一副死了亲姐的哭丧声，"姐，怎么办？出大事了！"

　　"怎么了？你慢慢说。"

　　"我今天起床的时候……然后……就不知道昨晚怎么回事。"

　　"你都是大人了，遗精很正常。"我拿出一盒牛奶，用耳朵夹着电话，弓着身子撕开牛奶盒的一角。

　　"不是！我早上起床发现我和Naomi睡了！"

　　我嘴里的牛奶差点喷出来，但语气听上去还是镇定，"哦，那又怎样？"

　　"怎样？更狗血的来了，我睡在她和张涛中间！"

　　"口味真重，难怪有人说艺术家都是色情狂，我看这情况在你们工作室尤其严重。你还好吧？失身了？疼的话，要不要陪你看医生？"

"呸，你不咒我点好！人家还是童子……身，疼什么疼？没事了，我趁他们睡醒前，已经逃离了犯罪现场。"

"Naomi 身材是不是很正点？"

"冤枉啊！没看见！他们半夜3、4点才回来，估计走错房间了，我不记得他们怎么进来的，我明明锁门了啊。"

"证明你也喝多了。"

"我的酒量真有这么不堪？"

"你才知道？别人喝多了是烧心，你喝多了是烧脑，可怜你本身脑子就不好。"

"你还是亲人吗？靠，没事我挂了啊!"

"明明是你打给我的，小吴同志。行吧，那您晚上过来吃吗？"

"你和姐夫吃吧，别等我了。季老师下午让我陪他见一策展人，好像是荷兰来的，害得我昨晚搞到那么晚，一个月就赚四千块，我容易吗？"

"行，加油搞，四千块。"

"对了，姐夫昨晚好棒，我还在回味他的表演，帮我亲他一口。"

"恕难从命，这得你亲自来。"

挂了电话，我偷着乐了一会儿，吴玳多么希望清早起床，睁眼看到一位素不相识的性感女神，可惜事与愿违，"福"不单行，买女神附送一个男的。

吴玳刚从美院毕业，对人际场上的事全然不知，跟在季周身边能学到不少东西，包括如何和画廊、策展方、美术馆打交道，如何做个人营销、企业推广，如何眼观六路、耳听八方地在这个圈子里过活。他原本是去做研究助理，做着做着就变成私人助理，而且同事要受来自季周和张涛的双重压迫。我心疼他，有时会劝他辞职不做。吴玳却说，等自己把人脉打通，就能把自己的作品卖出去了。才入职两个月，他已经认清，这年头最讲关系，不讲水平。

他早前还透露给我关于小舒淇的一些事，这个"小师妹"来头不小，爸爸是国内三大拍卖会之一逸铭拍卖的董事长。自从小师妹和师父好上，小舒淇爸爸陆陆续续买入不少季老师的画，难怪这两年架上艺术的市场回落，季周的作品却是水涨船高，从单幅一百多万稳升至一千万。

藏家是站在画廊与艺术家背后的最后一道防线，在上市公司里他们就是股东，拥有的作品越多、传世稀有、具特别意义，他们的地位也就越高。同时，圈里举足轻重的藏家手里的藏品也支撑着这些艺术家——价位只升不降，这一点像川子这样的炒手最清楚。因为一旦艺术家作品的价格开始下降，很难再升上去，换言之，这只股票就废了。

我曾花一顿饭的时间，向吴玳讲述我观察到的这个情况，他竖着耳朵使劲听，就差拿个田字格本记下来这些人生箴言。其间，他打断了我两次，分别提了两个问题："你说我的画，小舒淇他爹能看上吗？""如果有一天艺术市场遇到金融危机，这些天价作品怎么办？"

关于第一个问题，很遗憾，现阶段不会。稳健的投资人都会在一只股票展现蓝筹迹象后才上手，吴玳画的是疾病美学，走的是丢勒、哥雅的路数，这些画现在还没有获得一个稳定的平台被世人欣赏，更别说引起讨论。从香港走到北京，从北京回顾香港，各种人的嘴脸我都见识过。不少画家学着

Andy Warhol玩波普，学Jeff Koons玩充气娃娃，学村上隆画扁平的卡通图案，轻松地随手涂上几笔就当自己是Cy Twombly，画个美国国旗就以为自己是Jasper Johns。这帮艺术家在画室等待评论家、策展人的出现，然后等来一个二道贩子买下他们的作品，没过几天就送到拍卖行上拍。他们的简历总是很浮夸，将群展改写成个展，个展改成巡回展。当别人卖得好时，他们会异常眼红，但一杯二锅头下肚，随便骂上两句，混弄自己了事。

一次与东京画廊主人田畑幸人聊天时，他以一种日本人独有的严肃口吻告诉我："中国的美术学院水平之高可以从他们培养出来一代代学生模板式的绘画技巧中窥见，但请记住，技艺不是艺术，不过是匠人普遍都具备的生存条件而已。"

"匠人本身并不可耻，能把一门手艺做好是值得骄傲的事。像我五岁就开始练琴，曲目也是一首首地背，一支支地练，刚开始一定是为了考级，但如果我技艺不过关，我现在就弹不了我喜欢的莫扎特《D大调双钢琴奏鸣曲》。"

"那你觉得你爸对你的规训，成就了你？"

"当然不是。直到遇到张昊他们，一起搞Band，我才忽然发现音乐是用来玩的，才算活过来。"

我顿了顿。

"小榆，你不说话的时候就像是在弹《风雨哀思》，沉默的片段特别漫长。实际上，全弹完《风雨哀思》需要十八小时四十分钟。"

"抱歉，我脑子转得快，嘴说得慢，搞得我总在思考与表达的时差中，有时我觉得另一个我住在纽约。"

"代我向纽约的小榆问好。"

"我发呆的时候，估计你能坚持等我十八小时，吴玳也就坚持四十分钟。"

"思考是一件好事，既然没人能停下思考，就好好思考。"

我们席地而坐，像往常那样双脚搭在对方腿上，双手撑在身后，向后仰着说话。

"如果没遇到我，你现在肯定更出色，说不定已经全球巡演了，又或者诺奖就把给迪伦哥的奖给你了。我浪费了你的时间。"我说。

"音乐家注定孤独，演奏时他会尽量让坐在最后一排、站在舞池最边缘的人也听到琴声，必有曲终人散的一刻。如果我没遇到你，我可能就在哪个小学生家教钢琴了，我害怕孤独，所以真就有可能从了我老爸，那你肯定不喜欢。"

"陈清扬，谢谢你爱我。"

"嘿嘿，不客气。"

我拖欠了三星期的稿子，终于在桌面、地面、床面的一片狼藉中走向如歌的行板，加速再加速，开头放一点情绪，结尾慢慢把它收回来。存档，接着进行最后一步：电邮。

写完稿，我拿出奶奶的旧存货来听。一张1960年代苏联国家大剧院演奏的拉威尔《波丽露》，"文革"时候为了保护这张黑胶唱片她没少费心。奶奶是文工团出身，做过二十年的话剧演员，朴实的方脸加上甜美的笑容，让她成为团里当红的明星，演过话剧样板戏，后来"下嫁"给在后勤学院当教授的爷爷，据说她结婚当日，大院里不少男军官都哭红了眼。

陈清扬泡了红枣茶给我，"趁热喝。我今晚没排练，出去走走？"

"我想看老片了。我们去'映像Café'吧。"

映像Café坐落在南锣鼓巷旁边的一条窄巷，那里常年播放《八部半》《偷自行车的人》《第七封印》《放大》《西部往事》，老海报贴得到处都是。你想在店里赖多久都成，好喝的焦糖玛奇朵可以无限续杯。

咖啡厅的店主是阿柯，陈清扬在音乐学院的师哥，曾经的古典吉他乐手，如今的华夫饼大厨。Manic白天来排练，就当成店内的驻唱表演，音乐人淳朴简单，一听到"Encore"就兴奋地加弹加唱，老板自然满意。于是我沾了清扬的光，回北京的时候就到这里来吃霸王餐。我最爱阿柯整的牛油果鸡胸沙律，京城独此一家。

我专注地盯着用白色幻灯屏拉起的大荧幕，清扬坐在我身边，揉搓起我的手掌，他觉得这样他就能感觉到自己的存在。

我说："别搓了，手都要掉了。"

"我爸最近要帮我'剁手'，他命我今天就搬回家住，否则就冻结我所有的卡。"

"有个有钱的老爸也挺麻烦的。"

"谁鸟他？我的存款还够我们过完这个月。再过俩月，我去广州演出，能小赚一笔。"他开心地搂过我的肩膀，翻着菜单，"到时候请你吃大餐，哪个贵吃哪个，买一份扔一份。"

"那如果我就爱吃屎呢？"

"您看我像不像？"

坐在我们旁边的女孩瞥了我一眼，明显是嫌我说话声音大阻碍她欣赏电影了，可能是嫌我为人粗俗，那真抱歉，这是与生俱来、得天独厚的"天赋"。

"小说写得怎么样?"阿柯端来两杯美式咖啡。

清扬第一次介绍我给阿柯的时候,将我的身份定义成小说家,害得店主总喜欢坐在我对面,看我打字,然后默默送上一句,"小说写得怎么样?"

天气好的时候,阿柯会给我留一个阳台位。在我白吃白喝之后,他只提出一点要求,就是让我读读新写的内容。

这次,陈清扬正好坐在一旁怂恿说:"读一段,让我们欣赏下呗。"

"我声音难听,你来读吧。"我眼巴巴望着他。

"不难听,随便读读,又不是小学诗朗诵比赛,怕什么?"阿柯笑说。

我翻到小说的开篇,目之所及之处有些陌生,我结结巴巴读起来,好像在读其他人的东西:红色车皮的火车驶过一望无尽的绿色旷野,车头喷吐出的白色烟雾在蓝天中划开一个"一"字。车厢间铁制的锁链晃动着,水鸟忽然成群飞离地面。远处有一个白色的小教堂,汽笛的轰鸣声夹带着车轮与铁轨相撞的喳喳声,教堂里的颂歌从远处飘来。窗外,城市渐渐变为荒野。

他俩听得入神,待我"表演"结束后没有报以如潮的掌声。

相反,阿柯摸了摸他的小胡子,一脸的恻隐之心,问:"这样就完了?"

清扬抿了一口咖啡,"完了。如果指望她卖字养我,我早饿死了。今天写的算多了,差不多有……"

"一百二十二个字。"

第十五章：他者的快乐

罗诺德收到《今艺术》寄来的杂志，看过我的艺评后立马发来"贺电"，夸我写得到位。此外，他劝我多去晒太阳，有助于增加正能量因子、减少胡思乱想的几率。

不过，小罗怎会无缘无故恭维人，他在挂电话之前方才吐露真心："过两天我得去趟新加坡，明年年初不是要参加新加坡艺博会嘛，好多事要和主办方商量。不过马琳下周一要去同仁医院做产检，你就陪她去吧？好吗，大佬？"

"大佬"一出，哪里还有推辞的余地，我欣然应承下来。

周一早上，我早早在地铁站出口等马琳，不一会儿穿着黄色无袖连衣纱裙的美丽女子就出现在我面前，"你好吗，亲爱的金鱼？"

"我很好，你呢，my Malin？"

"我很好，他也很好。"马琳指着肚子里的小生命说。

毕竟好久不在北京看病，单是挂号就拖拉了一会儿。许多人半夜过来挂号，早上一开门就冲进收费处，都未必抢到主任医生的号。

母亲不易做，自任性的精子与包容的卵子结合、受精卵

"受惊"的瞬间开始，生育不再是性交的代价，变成女性哺育后代的负担。

马琳怀孕二十三周，迎来了第一次B超检查。搭上电梯来到三楼，妇产科门口的年轻护士先帮马琳测量血压和体重，马琳脱了平底鞋上秤，秤杆左右摆摆，"16 pounds more。"

"又胖了八磅。"她一脸幸福。

"想给宝贝起个中文名字，金鱼你有什么好提议？"

"姓罗好啊，取名范围广，可以叫罗卜糕、罗旋桨、罗宋汤、罗汉果或是魂斗罗。"

"金鱼，Come on，虽然我中文很差，但这些名字听上去很不对。"

我正了正衣襟，"那就叫罗马吧，小罗姓罗，正好你姓马。"

她思索了一下，没有拒绝。

我倒是喜欢这个拍脑门蹦出来的主意，它的内涵可以是：一个美国男人娶了一个瑞典女人，将在这乌烟瘴气的中国中心诞下意大利的首都。我代马琳传短信给小罗，告诉他我的建议。他看完后怒不可遏地回道："罗马？What？别荼毒我的下一代！"

进入诊室前，马琳抓住我的手，"我有点紧张。"

我温柔地拉着她，像一个有经验的年轻母亲："加油，等你的好消息。"

实际上，我开始琢磨自己和罗马未来相处的日子，喝酒、唱K、逃课、踢球、看毛片、背地里吐槽爸妈。我要告诉小罗马，你们这些"10后"的日子还长，"80后"挥霍不完的青春将由他们承继，未来是属于你们的。

再过一百年，又将会有"2080后""2090后"和"2110

后"来延续罗马的青春，他们是新一轮的"80后""90后"，他们又会遇到怎样的人和事？也许，不变的是与时代并轨的青涩、反叛与忧伤，这是流淌在他们血液里的东西。

我在想，罗马长大后会变成什么样的人呢？

一仰头，我猛然意识到自己的前后左右坐满了大肚婆。没错，我的行动自然受到一定的限制，喘气都怕影响到孕妇，有如夹心饼干一般缩在她们中间。

有一对操河南口音的夫妇坐在她身旁，男的不断重复着问他老婆："想吃啥吗？俺给你整。"

女的说："俺想吃麦当劳。"

男的回应："又贵又不好吃，吃那玩意做啥嘛，你都当妈的人了，咋不为咱娃想想？"

我听到这里，心生一种被时间抛下的沮丧。上次回京，我和小罗还像以往一样开黄腔，肆无忌惮地谈论他最近又看上了哪个小妞，我承认，我背着马琳帮他参谋了不少妞。现在，这样陡然的念头竟带给我一种前所未有的负罪感，罗马的诞生将套牢所有不安定的人。

"怎么样？"我迎上马琳，马琳面色凝重。

"哪里不对吗？那医生说怎么治了吗？到底怎么了嘛？"

然而，马琳忽然笑逐颜开。原来一切正常，用医生的原话是，好得不能再好了。"听到胎心动的一刹，感觉是遇见了生命中所有的美好。医生说，他现在有豌豆那么大！"马琳大笑起来，蓝眼睛不停地闪烁，她本想捉弄我，却还是忍不住与我分享快乐，她说，"我的金鱼，谢谢你。"

她的话让我不明缘由地憧憬着为人母的感觉。随之，我的整个身体微微震颤，我觉得有什么不对劲的正在发生。临走前，我鬼使神差地在药房前台取走一张验孕试纸。

试纸不拿也罢，拿了就让人浑身不自在。我彻夜难眠，整晚屋内卫生间的灯亮了又灭，我蹲在马桶上，干燥、干净的试纸放在盥洗台上。我看着镜子里的自己，说："哼，这并不是一张普通的纸，是一面照妖镜，是能够昭然示众的判词。"我将验孕试纸扔进垃圾桶，只要不测试，就不会纠结。

我回到清扬的身边，戴上耳机使劲听《郭德堡变奏曲》。这首曲子是陈清扬推荐给我的，专治失眠。从苏俄大公到巴赫本人，受益者无数。我一边听，一边数三十首变奏，巴赫在每个三的倍数处都加了卡农技法，依次递进衍生出卡农、2度卡农、3度、4度……一直到9度卡农。

数巴赫比数绵羊有用，我窸窸窣窣睡了一阵。凌晨3点，我看见许多鲜红的血小板在一个密闭空间里纷涌。那是我的心房，血小板们试图透过撞击心里最脆弱的部位而冲出禁锢，就在血液一涌而出的时候，我醒了。

"怎么了？"陈清扬微微睁开眼，手搭到我腰上。

我本能地撇开他的手，"没什么，我得去趟厕所。"

我蹲在马桶上反复开导自己，我只是内分泌失调，就算测出了什么，也可能是试纸出错了。

我记得以前报馆有位女同事，医了半辈子的病都未能成功受孕，可见"中奖"没那么容易。

这时，手里的试纸有了变化。我探头去看，隐隐见到一条……两条杠。百度上是这样说的：若试纸显示两条杠，一条位于测试区（T）内，另一条位于质控区（C），表明已成功受孕。

"什么叫已成功受孕？"我手里握着的试纸一下跌到便池

115

内。我想去捡，可那试纸早被尿液浸湿。

一般情况下，女孩子碰到如此棘手的情境都会找"责任人"倾诉，可我不能和陈清扬说。数来数去，我没招了，鬼使神差地拨通乔悦的电话。

电话在响了三声后，终于传来乔悦的声音。

"喂？"

"乔悦？是我。"

"哦，吴瑾榆。这么晚，什么事？"

"我怀孕了。"

"喏？"

"那个人的？"

"不知道。"

"是陈清扬的？"

"不知道。"

"那你打算怎么办？"

"不知道。"

"和季周说了吗？"

"没有。"

"陈清扬知道吗？"

"谁都没说，只跟你说了。"

"那就谁都先别说。你要这个孩子吗？"

"唔要。"

"你静下先，好好想想再决定。"

"点算？"

"差不多4点钟，你睡觉先。我帮你唸办法，有乜事听日先算。"

与想象不同，我以为乔悦会问我怎么会吃了72小时紧急避孕药还中招，我以为乔悦会问问自己近来可好，但这久违的声音还是一如既往的冷静。

放下电话，我试图写点东西，以此来转移我的注意力，说真的，我好害怕。可我才打了两行字，手就奔了下来，手指触碰到肚皮的瞬间，我由内而外地打了一个寒颤。计算机上的两行字，被我删改了无数次。被删掉的字，全是我的孩子，它们不停繁殖，衍生出倍数，很快，这些废弃的字团就会填满整间屋子，呼啸着奔来向我索命。妥协，我不记得自己是怎么活了下来，我不断地跟自己妥协，妥协，我安慰自己还有机会和时间。

翌日，我们在最热的午饭时间段逃往后海的映像Café。我没带电脑，向阿柯借了一张纸和一根铅笔。

我的下巴贴在木桌面上画画，时不时看看手机。

Manic就在我身边不到十米的地方排练。地上摆着四瓶燕京纯生，清扬和乐天在台上鼓捣器械，张昊在台下和音，练了一首新曲子后乐队又松懈下来，索性与阿柯喝酒聊天。

阿柯穿了一身黑色的斗篷，戴着王家卫式的黑墨镜，留着一撇八字胡，像个民国特务。他经常被这群音乐流氓欺负，每次被骂急了就转头找我求救。

"大作家，怎么样啊？"

"你指小说？"

"我指你，也指写作。可你不能每时每刻都在创作啊，所以我还是指你。"

"挺差的。"

"怎么回事？能聊聊吗？"

"不是现在。"

"那你想喝点什么吗？我给你弄。"他又指指Manic，"反正他们埋单。"

"老柯，问你个问题行吗？"

"当然。"

"还是算了。"

"你随便问。我要是觉得不合适，权当没听见。"

"如果有一个陌生人跟你说她怀了你的孩子，你有什么反应？"

"啊……"阿柯的语速慢下来，"陌生人怎么可能有我的孩子？这个人设不合理。"

"如果她就是有了，你也相信那是你的种。"

"这不好假设吧，能怎么办？不然生下来！不然就拿掉！"

"老柯，你看起来像个好爸爸。"

"嗨，顺其自然呗。你不会是……"

阿柯还没说完，我就捂住嘴巴冲向楼上洗手间，人字拖"啪哒啪哒"的声音振振地触击地板。

陈清扬急忙放下吉他，站起来，接连发问："你给她吃什么了？""是不是油放多了？她不爱吃油腻的东西。"

"没吃什么啊……可能我刚才做的华夫饼太甜。她那么瘦，肠胃不消化。"

"老柯，你就不能做点健康轻食？"

"清扬，我看不关人家阿柯的事，莫非你小子要当爸爸了？"乐天打趣道。

"哎哟，挺能干的！一枪即中。"张昊在一旁添油加醋。

"说什么呢，去你丫的。"

拖鞋声再起，不似刚才那般急促，我向他们挥挥手："没事了。"

"还好吗？早上好像就不舒服，给你买的包子也没吃，是因为昨晚做的噩梦吗？"清扬在楼梯口接过我的手。

"没事，一换季我就这样，老毛病。"

"没事就好。"乐天望着我，秃头仿若一个钟乳石做成的保龄球，泛着油光，"你太瘦了，多吃点！"

"新歌练得怎么样？"我问。

张昊的头发又长长了，他甩着列侬式的发型回答我："能怎么样？都是这个进度呗，一天做一小节。做艺术得用玩的心态，你越是强求它越来得慢，开着开着玩笑、喝着喝着大酒，就出来了。"

阿柯找了个凳子，凑过来说："既然如此，各位大艺术家，谁先把赊着的账结了？"

"老柯，说你丫什么好？活该你找不到女人，谁喜欢你这样的，没情调，只认钱。"乐天拿出一包烟，派给众人。

"如今'艺术家'俨然变成一骂人的话了，你想埋汰谁，就说谁是艺术家。"清扬说。

张昊忍不住说："那也是因为北京艺术圈风气变了，我们以前1993年的时候在东村开工作室，音乐人、画家、编剧、作家都挤在一个出租屋里，吃喝拉撒睡都在一起，都是穷人，谁跟谁算账？"

"马六明、左小诅咒那群人？"阿柯问。

"好多人呢，有些现在不做艺术了！后来不就除了东村事件，所有人一夜之间被遣散。不是每个人都像清扬、瑾榆这么走运，在北京有家，我们外来的北漂，不单穷，房子拆了、封了，您让我们住哪儿？"

"别说艺术家没地儿住，你看看后海这边胡同拆了多少店。先是黑胶店，然后到书店，再到现在连巷口卖烟的老大爷都得搬走！"

我很好奇，"因为什么？"

"拆墙打洞啊！妈的，我租你这块地的时候你怎么不说这是违法建筑啊！是违建，您还租给我？这不是明摆着坑人！"

我看看阿柯，"你们店没事吧？"

"多少也受牵连。这片现在是旅游胜地了，寸土寸金，现在房源紧张，我们房东随时可能加价。"

张昊说："别讲这些了，太沉重，一聊艺术我准保难受。"

这边话音未落，阿柯接上话，"我看你是昨晚在床上运动的吧。"

"别人搞艺术，我被艺术搞。日，老子的女朋友就叫'艺术'！"

每当谈话的气氛因艺术而陷落僵局，总是乐天负责带头把话岔开，"我最近听了一个笑话，讲出来给你们解解闷。"

"好。"全体鼓掌，我跟着附和。

"一男子去看心理医生，他说：'我实在受不了了！我太太对我不忠！'"

张昊接腔："心理医生说，你放松点，说说吧，具体是怎样对你不忠呢？"

乐天将手搭在清扬肩上，学着女人的模样向他抛媚眼，"男的说，她每晚都去酒吧，几乎对所有男人都有兴趣，嗯，我快要气疯了！"

"你猜怎么着？心理医生从椅子上跳了起来说：不要太激动！快告诉我，这个酒吧在哪里？"

"傻逼。"清扬笑着推开乐天、张昊。

张昊未就此作罢，问："陈清扬，我记得你和阿柯都是中央音乐学院毕业的吧？"

"没错。"

"讲讲他的黑历史，专挑情感方面讲！"

"真说？"

"我操，你敢！"

"有点长啊，容我整理一下思路。"清扬清了清嗓子，"老柯喜欢上我们届的一个校花，贼漂亮，那胸脯、长腿、脸蛋，没得说。可咱师哥多老实啊，为了追姑娘掏心掏肺。他每天都在学校尾随她，看她一眼能兴奋好几天。后来姑娘嫁人了，嫁了一个心理医生，害得我们……"

乐天眯起眼睛，坏笑："报告讲故事的，俺知道！"

清扬指了指乐天，"就你，你说。"

"然后丫每晚都去酒吧，对他妈的所有男人都有兴趣！"

"对，对，对，不然她也不能看上我。"

众人捧腹大笑。只有阿柯抽着烟感慨，我静坐着笑不起来。

张昊紧接着说："故事没完呢，后来老柯如愿以偿地娶到校花，校花怀孕了。老柯爱校花啊，不是自己的种也没事。校花让老柯忍十个月，老柯都快憋疯了。于是他们就搞了一次，就一次啊。等孩子出世，见人大嚷，'谁是我爸爸？谁是我爸爸！'这可把医生、护士吓坏了。"

"后来，我走了出来说，儿子，我是你爸爸。然后那小子就拿手猛戳我的脑袋，骂道，让你戳我，再戳一个试试！"
阿柯掐掉烟，说："去你大爷，都讲了一百遍不烦啊！我都
学会了！"

桌上的烛光映着复古灯，色温比白炽灯还暖，照在墙上，
欢乐的影子一闪一闪。

这帮人在咖啡里喝啤酒，酒不像酒，反倒像咖啡，三杯
喝下肚，不能解忧。再看看店内仅有的一对情侣，他们坐在
靠近楼梯的角隅，那里远离街道，见不到阳光，完全没被我
们这群疯子影响。这个世界太快乐了，容不下我。我的心包
着他们抽的烟，灰烬烧红神经，灼伤了我的血肉，形成一个
个溃烂的伤口。

"我还是不舒服，要先走一步。你们继续。"说罢，我亲
了清扬的脸颊。

大男孩把我送上出租车，他嘱咐司机慢点开，怕我晕车。

回到咖啡厅，陈清扬继续和朋友们推搡。无论再过多少
年，他依旧是一个长不大的男孩。

第十六章：冯可依

事实上，老柯确实追过一个姑娘。

不过，不是经由尾随。阿柯雇了一名"线人"搜罗心上人的喜好，得知这姑娘爱吃"麻辣小龙虾"，他特意从市场买了二十多斤活的小龙虾回家自己做。不巧的是，老柯是处女座，凡事要么不做，要么就做到极致，他将近百只"麻小"一次性放入浴缸，刚倒上的清水没两下就变浑浊。他怕刷不干净，拿起小刷子，奋身跳入浴池，逮到小龙虾就刷。就这样整整花了一个下午，把每只小龙虾刷了三十多遍。

虾干净了，他脏了。最后，他兴奋地从浴池中爬出来，非常享受这个为爱操劳的过程。等到做好菜，送到姑娘的宿舍楼楼下，不料正撞见姑娘与她正牌男友卿卿我我。礼没送成，只落得同龙虾洗了一次鸳鸯浴。

我没遇上和龙虾共浴的机会，只和陈清扬一起泡过澡。在奶奶家狭小的浴缸里，我俩团膝而坐，面对彼此。

"你没事吧？没事吧？没事吧？"

不知道陈清扬絮叨了多少个"没事吧"，我的嘴里才吐出一句"没事"。

"我晚上演出，你来吗？"

"不了，不舒服。"

"也对，你不能老跟着我瞎混，浪费你的青春和才华。"他往身上挤浴液。

我让他背过身去，帮他把浴液抹开，我说："不是因为你，你别瞎想。我没不高兴，你知道，无论如何我都支持你和Manic。"

他转过头来，"如果他们说了什么惹你不高兴，我替他们道歉。"

"怎么会？除了川子，你的所有朋友都是我的朋友。"

"我看，你对川子还是有偏见。"

我撤了回去，让他自己洗一下。他拧开花洒，水浇在我俩身上。

我默不作声地目送他离开，目光自然地落在空荡荡的鱼缸，祖辈离世之后，家里不养鱼了，只留下一条水痕线，证明着这里过去曾经是海洋。生活中的一些变化像水痕线一样清浅。例如，陈清扬隔着玻璃和我挥手告别，已经有些日子，我们不再"Kiss Good-bye"。

没等来乔悦的电话，Naomi先发来微信要约我出去。这次红色法拉利开到奶奶家楼下，她冲着窗户大喊："豌豆公主，快放下你的长发来！"

我家在六楼，结果我从窗外一探，二楼的刘爷爷、三楼的小女孩都探出头看她。刘爷爷向上一看，与我四目以对，"哎哟，小榆！你从国外回来啦！"

"是，您好。"

刘爷爷以前在苏联老楼那边，就住在我家隔壁楼，我们是28楼乙门4号，他家是28楼甲门4号，外人寄错了邮件，刘爷爷收到了立刻给我奶奶送来。他爱跟奶奶打哈哈，据说当刘爷爷还是刘大爷的时候，他曾和我奶奶表白，结果被我爷爷知道了，拿着笤帚满院子追。日后我爷爷一旦出现，他就躲得远远的。就这样一躲四十年，直到我爷爷去世。听奶奶提过，他曾是大院里的文艺骨干，退休了就当起街道委员会主席，没什么爱好，单凭一张口海聊，练得盖世神功"侃大山"。

"小榆，改天来家坐坐，我给你做我看家的炸酱面。嘿！全京城就咱家的面最地道。" 说着，刘爷爷竖起大拇指。

其实炸酱面做得好的大有人在。我在心里盘算，未待炸酱面落肚，肯定得听老刘的长篇评书。

我拉开车门，一仰头，刘爷爷正手握芭蕉扇，殷羡的目光落在我身上。

"那色老头谁啊？一直盯着我看。"

"你说隔壁家老刘？少自作多情，他那是老花眼，根本什么都看不清。"

"看不清？那多亏啊！我这么娇嫩动人。"Naomi下意识地抖抖胸，她的双峰总是半开放式地裸露在外，四季无阻，寒暑无惧。

"老头你都不放过。"我坐上车，顺手系上安全带。

车开到朝阳大悦城地下，Naomi取卡进入停车场，"北京的停车费贵得真离谱，我才三年没回来，已经从个位数涨到两位了，想必很快就奔三了。妈的，我还没奔到三呢。"

"你们有钱人买得起车，就该预留出养车的费用。省省吧，你看我没车，就没烦恼。"

"可你有其他烦恼啊。"Naomi人未下，腿先着地，她踩着Christian Louboutin的"恨天高"，防水台上银白色的钻石随着她矫健的步伐前后摆动，让人想到唐代美人发簪上的步摇。

"你去买东西？今天找我有事？"

她拉着我上到顶楼，进了一家釜山料理店，门口的服务员排成一排，整齐划一地同声地用京腔说着韩文的"你好"。

"吃饭？"我不禁问。

"大费周章吧，感动了？"

"真有一点儿，你有事求我？"

"他们家的人参鸡汤特别好吃，我提前订了位，带你来尝尝。没事就不能心疼心疼我闺蜜？"

"好吧，闺蜜。"我帮Naomi倒上茶。

"说正事，等下饭来了赶紧吃，今天还挺多安排的。"

"不能透露一下吗？非节非假的，用不着这么保密。"我喝了口茶，舌头刚接触到水面又缩了回来，很烫。

"那你有没有秘密想跟我讲？"Naomi忽然向前探了探。

我欲言又止，她可能是乔悦找来的救兵，也可能不是。好在这时两盅人参鸡汤来了，准确地说这是"锅"，铁锅上冒着袅袅热气，穿韩服的女招待告诫我们"小心烫"。

Naomi一见美食如见美色，立刻忘了前脚的问题，"还挺快的，看来还得提前订好，他们才能一早就给炖上，瞧瞧这肉都炖酥了。"她连骨带肉放入嘴里，然后喉咙处飘出甜嫩的声调："骨头都能吃，炖透了！"

难怪古人有"食色性也"这句话，饮食关乎民生，情爱关乎康乐。我倒是认为，两者归根结底都是民生问题，压抑性与节食无异，至少在 Naomi 身上如是。一问她最近和张涛相处如何，她就将话题岔到我和清扬身上："你们怎么样？"

"还好吧。"

"那我也是。"她瞥了一眼我的下腹，说，"昨天乔乔给我打电话了，让我帮你把那事摆平。"

"喂，别不说话啊，你怎么想的，说来听听？"

"没想法。"手里的汤匙以一种极缓慢的速度搅拌着，细弱的参须像水草一样缠绕在勺面。

"早料到你是半晌崩不出个屁的家伙，请你喝鸡汤就对了！喏，两条路给你选，要么拿掉'它'，那我们喝完鸡汤就去医院，要么就算了，当是给你提前补身子。怎么样，不错吧？"

我有点发蒙，"什么两条路？"

"还跟我装傻。"

"那是去哪家医院？"

"秦星，估计你没听过。医生是我的旧相好，放心吧，技术好着呢！"Naomi 牵起我的手。

"你别这么煽情好吗？"

Naomi 最近新买了 Miu Miu 的钱包和 Chloé 的香水，她说迷恋少女品牌让她能够返老还童，"你年轻的时候来过这家医院？"她爱红色，从香车到指甲，再到唇色和钱包都是红色。等她再度掏出闪亮的 Miu Miu 时，已是在秦星医院的前台了。她正帮我办理手续，"何止来过啊，我在这儿确诊的病史都能够写好几本书的了！"Naomi 回过头向坐在等候区的我抛来一个媚眼。

"姓名?"前台护士问。

"冯可依。身份证号都在这儿呢，你自己录吧。"

小护士拿着纸，纸上的字用口红临时写的，凌乱潦草，她勉强录入到一半，说："你来做过吧?"

"嗨，三年前了，你不说我都不记得了。"

"那你可得想清楚，经常做的话，子宫壁会越来越薄，想要孩子就越来越难。"

"行了行了，知道了，输你的吧。"

"今天做手术吗?"

"胡医生在吗?"

"在。"

"做! 给我排个加急。"

小护士伸出手来，Naomi 往她手里塞了几张粉红色的票子，这是"加急费"。收了钱后，护士才拿着病例走向医生办公室。

"一切安排妥当，等下等叫号就成。"

"原来你叫冯可依。"

"嗨，对。不过我还是喜欢'I moan'这个名字，我叫故我爽，多狂啊。"

人在紧张的氛围内总会因刺激而敏感，Naomi 很快察觉到我的犹豫，继而说："还没想好? 哎，实话跟你讲了，我三年前就坐在你的位置上，等候室第一排左数第三个凳子上。我明白，这种落魄的时候没人能安慰，把我们肚子搞大了的浑蛋早不知道去哪儿了。当年我快五个月了，肚子都显了，最后还是决定要拿掉。"

"我有烟，你抽吗?"

"大小姐，小医院也是医院啊，不能抽。这种话题严肃了点，没烟在总觉得少点什么。"于是Naomi跷起右手食指和中指，做起抽烟的扮相，模仿着吐出本不存在的烟云，笑笑："三年前，我从舞蹈学院毕业，头脑发热，想着世界这么大我要出去看一看。一个人跑到美国，当时没有钱啊，在唐人街刷过盘子，一边玩一边打工攒回国的机票。结果，恋爱了，爱上一个浪子，最可恨的就是他妈艺术家！我俩穷到一块去了，可笑的是两个穷鬼爱得死去活来。真的，昏天黑地地做爱，把旅馆的床板都震裂了。"

"是吗？"

"妈的，你别笑。而且，我当时不是现在这副屌样儿，以前特纯，学生妹那种。但是我跟你说，永远别相信男人在床上说的，全他妈是屁话！男人脱你衣服有多快，抛弃你就有多快。"

我才发现，原来Naomi眼睛里的颜色，那么黑。

她空洞地倒吸了口气，"他叫阿Dee，梳着垄沟辫，就NBA艾弗森那种发型，人渣一个。我打工，他就经常在我们店里混吃混喝，后来被餐厅老板发现了，就把我开除了。于是，我们离开纽约，用一点的储蓄到处玩，一路往南，搭巴士、走路、搭顺风车到了费城。再后来，我省略不讲，你也能猜到……我就坐在你的位置上，一个人等叫号，一个人纠结要不要拿掉，拿掉之后，一个人收拾那所谓刻骨铭心的爱情。"

"你和他现在还有联系吗？"

讲到这里，Naomi停了一下，她闭上眼睛，表情随着嘴角的张合慢慢舒展开，"我觉得现在这样挺好的。一个女人的成长不是看她变成什么人，而是看她与过去的自己有多少不同。我改变了很多，不光是肤色、身材、妆容、服饰，还有阅历。我对得起自己，就无愧于别人。瞅瞅，跟我比，你的事儿是不是都不算事儿啊？"

护士念到"冯可依"的名，Naomi推了推我说："叫你呢。"

我成为"冯可依"，也许Naomi与冯可依根本是两个人。

在我进入诊室后，胡医生挎着蓝色履历夹大腹便便地走进来，秃顶略秃，一副人到中年已知天命的模样。

"我还以为真是Naomi呢？"胡医生示意我坐到房间中央的蓝色软床上去，"她最近怎么样？"

在床的一旁有整套巨人般高大的仪器，超声波、窥阴器像是巨人的手掌，向四处延伸。白色的手术桌上放着一个银色铁盘，依次摆放着银色的长镊子、宫颈钳、子宫探针、带着刻度的吸引管，还有一个我不认识的装置，胡医生说它就是负压吸引器，而我将做的手术正是负压引流。

"你看起来有些紧张啊？问什么都不回答。"

"嗯。"

"嗨，冯可依也来做过，刚刚在门口见到她，她还嘱咐我好好关照你，好像我能把你怎么着似的。这种小手术我一天做几十个，比拔牙还快，十分钟就是眨下眼的时间。"他戴上口罩，让我撩开上衣，用超声波仪在我肚子上轻轻打了一个圈，"有十周了？我建议局麻，等下做完你在门口医护室坐半小时，没事就可以走了，但是你要想全麻的话，就得住院观察一天。"

我几乎是脱口而出："全麻，麻烦您。"

术后醒来，回顾当时的决定，我感觉自己胆小如鼠。中国书画的笔墨有方有圆，常讲究在方圆之间追求平衡。在我这里，全麻即是"圆"，最温和、最易接受的方法，可以不痛不痒地抹杀心底复杂的羞耻感。如果选择"方"的局麻，我害怕冰冷的镊子、钳子、抽吸器在我身体里进进出出，即便假扮视而不见，可它们去过的地方它们自己最清楚。

有人说，三个月大的孩子差不多有水杯那么大，我想我腹中的东西大概有半杯水。睁开眼前的那段时间，我接二连三地做着梦，梦里胡医生握着一杯水，他按住我的手，说："不疼，喝点水，不疼，放松，再放松。"而Naomi拉着我的手重复说："拿掉一个孩子，实际是切掉有关那个人的记忆。"

后来，我离开他们，进入一个水晶大厅，一个长得像我小说男主角的侍者为我开门，而女主角在他身后站着，眼里充满了顺从和娇媚。耀眼的光线映得我睁不开眼，我隐约见到一身白装的陈清扬坐在黑色的施坦威三角钢琴前，正在弹奏《木星》组曲。我走到他身边，他忽然停下演奏，转过头来望向我，柔柔地道："你来了。"在我奋力睁开眼的那一刻，屋顶的光亮得刺眼，我以为自己是一条被人打到半死的野狗，腿瘸了，站不起来，想就这么一直瘫软下去。

"你醒了？"戴眼镜的女孩贴近我的左眼，是乔悦。

然后一个声音从远处传来，"我就出去这么一会儿，她醒了？"

"你买了什么吃的？"

"门口只有间川菜馆，买了干煸四季豆、麻婆豆腐、鱼香茄子，两个汤一个是西湖牛肉羹，还有一个……"Naomi一个个掀开盒子，香味扑面而来，她翻了翻，又说："还有一个玉米甜汤。"

"你不知道瑾榆不吃辣？"

"姐姐，没放辣椒，我和服务员说了好几遍，就差我亲自到后厨炒菜了。再说，你煮玉米甜汤放辣椒啊？"

听到她们拌嘴，我内心酸一阵甜一阵，"我能吃辣，什么都爱吃。"

Naomi看我醒了，忍不住将我留院期间的所见所闻和盘托出，包括她是如何扔下张涛不管、如何用我的手机发讯息告诉陈清扬我在她家过夜，如何为了避免清扬误会又在半夜给陈清扬打电话，以及如何今天早起去机场接乔悦，再来医院看我，忙着给我们买中午饭……还有，刚刚被胡医生撞到，惨遭他的调戏。

乔悦帮我盛了一碗汤，喂我之前不忘替我吹凉。

"你们别这样，我要哭了。"

结果她们还是照顾着我，直到下午办好出院手续，开车载我回家。

陈清扬接了电话早早等在奶奶家楼下，他穿了一身白色运动衣。我没什么明显的不适，只是有点发虚，站不稳。"交接仪式"结束后，清扬责备我昨晚玩得过火，承认昨天早上他态度不好。

他忽然蹲下，让我到他肩上来。

我慢慢趴上去，脸侧贴着他的左肩，"你来了。"

"嗯，你说什么？"

"没什么。"

第十七章：读书识男人

术后的一个月里，我不停歇地感受到肉体与情绪的抽离。怀着孩子的时候，我感到我的灵魂随时有可能裂开，小家伙的灵魂随时会吞掉我的灵魂。某个"抽离"的夜晚，清扬骚动着我的脚心，亲吻我的乳房，房间像是介于炼狱与天堂之间的一处地方，我们住在那里唯一一间"桑拿房"，周围是冰与火的纵横。即使我的心不想要，我的身体可诚实得很，它用它的方式记录着时间，我真不像一个刚下手术台的"刽子手"。

陈清扬告诉我，他在高中时候交往过一个女朋友。有一天半夜，他从梦中醒来，突然无比想她。那时候还没短信、微信，他的思念无处抒发。他在床上睡不着，跳起来穿好衣服出门找她。出了门，他才发现外面下着大雪，地上已经有厚厚的积雪，天空中雪花还如筛灰一般落下。但他当时心里炽热，丝毫不觉得冷。

北方下雪的冬夜格外寂静，凌晨的街上一个人也没有。陈清扬踏在积雪上，仿佛每一步都震天动地。当他穿过女孩家门前的胡同，绕了整个巷子来到他女友家门口，看到大门紧锁，他发现他什么都做不了。

"当时我想，即使门开着，我也不会叫她，更不可能半夜里去挑战她母亲的底线。于是，我就在楼下冒着雪站着，抽了一包烟，整整十根，惆怅了一阵子……"

"你有遗憾？"我问。

"曾经有。我试图弥补，结果发现还不如不弥补，嗯，一丁点意义都没有。"

"至少你感动了自己，嗯。"

讲这个故事的时候，陈清扬一直在我身体里。他以抽动代替了回答。我感到自己浸泡在他的情绪中，然后像洗衣机里的衣服一样经历着疯狂的甩干。

在每次汗流浃背过后，我都想到我的孩子，可惜他或她已经等不到见证我的罪与罚，我亲吻着清扬那修长而纤细的颈部，用谎言来安慰自己的灵魂——这不是我的错。

做爱让我们的感情平稳地维持着，我偶尔会问他婚期，他说等他攒够钱，马上买大钻戒，马上娶我。其实我不需要这些东西。可他坚持，钱和形式都很重要。这样的夜晚不知持续了多久，直到清扬重新开始写歌，直到我再次拿起笔杆。

白天我们还会拉着手去阿柯那里混饭吃，他新研发了玉米草莓Pancake，供我俩免费吃。吴玳和季周一家子一起去了西安调研，其间他每到一个地方都要写一封明信片，于是托他的福，我也算是去过了大雁塔、华清宫、秦始皇陵和大唐芙蓉园。

乔悦决定离开香港，来北京逸铭拍卖公司当法律顾问。我替她的辞职感到开心，对她贸贸然踏足北京艺术圈有些担心。我能为她做的，也许就是张罗一个饭局，为她介绍我在圈子里为数不多的人脉，应邀出席的没有大咖，基本都是走得近的朋友：小罗夫妇、阿柯、Manic、王韬，还有她已经认识的张涛，常听我提起的吴玳，和她的"发小"Naomi。

10月的夜，晚上比清晨要冷。我依然穿人字拖出门，清扬会在他装调音器的大包里帮我装一件外套。他最近写了一首新歌，名字叫《给亲爱的你》，只谱了钢琴曲。因为未完成歌词的部分，他总是遮遮掩掩不肯给人听，但我在他扔掉的草稿纸上看到了一句话——蝉鸣与笑声，分不清，想念与烦恼，分不清，正是如此所以作罢，因为爱与不爱从来分不清。

我将团起的白纸揉平，读着读着似乎知晓他为何要扔掉这句话。我没评价歌词，而是对他说："陈清扬，你要做一个随便抖搂肩膀就能甩出一街怨妇的男人，别做我一个人的怨夫。"

可他还是抱着我问："这两样有什么分别？"

缠绵的话说久了，对爱的反应变得迟缓。

深秋将至，家中没有厚被子，我和清扬不得不搭公交车去四元桥的宜家买羽绒被。被子按羽绒含量、材质的不同分为二百元、四百元、一千元若干档次，我们果断选择最便宜但也是最薄的二百元，对于一个银行卡被冻结了的男孩和一个靠微薄稿酬维生的女孩来说，生活像是被打了折扣的奢侈品，想要过得愉快，就得加倍珍惜。

实际上，Manic平均每次演出不到五千元的出场费，一半都被经纪人川子拿走了，平摊到陈清扬手里只有一千多块，一个月好的时候有十场，不好的时候能有一两场就不错。

我在宜家的柜台上挑柠檬，陈清扬在我旁边。

他拿起两个柠檬，说："我最近明白了一个道理。"

"嗯哼?"

"恋人好比两个柠檬,他们本身是相互独立的个体。然后在由我们构成的外界势力的驱动下,被塑造成'一对'形象。"

"接着说。"

"他们中终归有一个心狠,一个心软,心狠的人嗜血成性,它撕碎了自己,也撕碎了两人的关系。"

"然后呢?"

"没然后了,其实我想说……你给你爸打个电话吧,他心里有你。你妈离开这么多年,当初的事可能根本不像你想的那样。如果说你妈撕碎了你爸一次,我觉得,你不能再让他碎一次。"

"我撕不动他,我根本不想理他。"

陈清扬默默摆好柠檬,把它们安放在不起眼的角落。

回家路上,清扬又提议,让我把部分的小说稿发给他认识的出版社编辑看看,如果好的话,出版社会先付一部分稿费,让我挨过这难熬的创作期。我拒绝了数次,原因有二:一、我最恨做御用文人,感觉是在酷夏奔跑后永远擦不干的汗,湿淋淋粘满后背;二、我不愿联系那个女编辑,虽然后来我才知道她就是陈清扬的初恋。

每次当我问起有关初恋的事,清扬都故意避开,这让我对那女孩的样貌、年龄一无所知,只知道她姓蔡,是个文静寡言的人,由单亲妈妈一手抚养大,家中养了一只猫。于是我将她与聂隐娘联系在一起,传奇、神秘,黑衣底下藏着杀气,世人皆不知她从何处而来、往何处去。

入秋后,北京的天气变得捉摸不定,它像是眼中噙着泪的小女孩，忽地被大孩子抢了玩具，终于有理由酣畅淋漓地落一场大雨。我看着天哭，从晴转阴，听清扬在家里谱曲。雨水打湿了玻璃，从高处沥沥而下，我托着腮帮望向楼下。

我看陈清扬在发呆，便说了一句："你越来越像我。"

当恋人之间无法取得平等的沟通，他们会有选择地叙述自己的过去和现在，被隐瞒的真相就像古画中的留白。这不等同于欺骗，爱情确实需要给彼此留一个透气的空间。然而事实又是，陈清扬对我的认知远多过我对他的了解。

渴望知道真相的我，只能将故事做拼贴，我常常从客厅打开一个小缝，默默观察练琴时的他，他抱着那把在淘宝上卖不出去的老吉他，表情云淡风轻。当我写东西时，我突然回头，才发现他打开一条门缝，正在目不转睛地观察我。

我将小说开头的五千字整理出来甩在茶几上，陈清扬终于可以光明正大地看，可我感到他有一些失望，他只在吃饭的时候随意翻一下，给出不咸不淡的评论："有趣。"他总以他的方式对我付出，无论他期盼的是否真正适合我。我猜是他将小说郑重交到蔡某的手上，再由这个蔡某转给她的上司，因为在某个乍寒还暖的下午，我接到了佳艺出版社主编的电话，"吴小姐吗？"

我心里想，这人怎么连句"请问"都不说。

"我是艾凡，佳艺出版社，有没有时间聊聊你的创作？"

后来我才知道，他不是艾凡，而是Ivan。

Ivan姓董，Ivan Dong，美籍华人，大概四十多岁的样子，也许更老一点。中年男人没有小腹，就是隐藏自身真实年龄的最好方式。他在雍和宫的京兆尹等我，周五下午，许多商贾、情侣、闺蜜聚集在此地,人人都忙着讨论私募基金、房子、男人女人,吃的是素食,脑子可不素。不过我想,这稍有嘈杂的环境反倒显得私密而令人安心。

"你好!"很神奇,书商就是有敏锐的嗅觉,一抬眼就能认出作者的模样。这男人靠窗而坐,戴一副金边眼镜,长得像末代皇帝溥仪。

"你好。我们没见过吧,你怎么断定是我?"

"文章中写俄罗斯的一般都是北方人居多,童年受到苏联体制的影响,青年赶上中国改革开放,在商业浪潮中几经沉浮,骨子里少不了轻狂不羁;把婚姻写得这么虚无、悲观,往往都是没有真实经历过婚姻的,所以我猜你年纪不大;你刻意将女主角写成胖子,作者本尊就应该是对立的形态,偏瘦,你说我说的对吗?"

"听你的口音,你是台湾人?"

"我父母是台湾人,我在美国出生,算旅美华侨吧,但如你所见,在北京工作。"

"那你普通话说得算好的了。"

"说说你的小说吧。"Ivan笑着递上一张名片,在外国生活的华人长得都像老外,他的眼窝好深,笑起来时眼角的细纹大开大合。

"如你所说,就是这样,很简单的一个故事。"

"你究竟是香港人还是北京人?"

"说不清楚,来自北京的香港人,或来自香港的北京人,怎么说都合适,怎么说又都不合适。"

"明白了。我更复杂,所以每次遇到'Where are you from'的时候都支支吾吾,不然就要费力说'我是美国出生、祖籍福建、父母是台湾人但儿时移民加州的中国人'，不光你说得费力，对方听得也费力。后来我学聪明了，见人说人话，见鬼说鬼话。譬如，和我不喜欢的美国人说我来自美国，和我喜欢的美国人说我来自中国，和想跟我做朋友的中国人说我来自台湾，和想同我上床的女孩说我是美籍华人。"

"看来我要感谢你和我说真话喽。"我笑了一下。

"未必是真话，活了半辈子，谎话也就当成真话来说。By the way，你挺像艺术家的。"

"是吗?"

"所以，这是你的首部小说? 之前没出版过其他作品?"

"两年前出过一本游记，滞销得一塌糊涂。"

"讲什么的?"

"流浪吧，反正写得不好。"

"难怪看你的样子挺像一个侠女，有江湖气，胡金铨电影里飞来飞去那类。"他用手比划着飞的动作。

"你看香港电影的?"

"我只喜欢老电影，张彻、胡金铨那一代，到了吴宇森、杜琪峰，都市警匪片就不合我胃口了。张彻他们的打斗场面都在片场拍，一招一划的，动作迟缓，镜头固定，十分有趣。"

"你不小心暴露了自己的年龄。By the way，难怪你喜欢我的东西。"

"我没说过喜欢，我只是有一点兴趣，你们北京人说就是'有一点儿'。"他特意拖长了"儿"音。

"那你看出问题了?"

"你才写了几千字，就像癌症病人的早期症状，平静得很。等到你写出架构，有病征了，我才可能开药。"

"呵呵，我也常说这种'病'有关的话。你就不怕我突然发作病死？"

"如果真能病死，就说明你写出好东西了。这样的话，书我一定给你出，算是替你安顿后事，让你泉下瞑目。"

"我不讨厌你的性格。"

"哦？那能把我变成文字，写进小说去吗？"

"你们出版商是不是都很有钱，而且自以为是？以为用钱能买通一切？"

"怎么，这是看上我的钱了？"

"我饿了！你请我吃饭，我就告诉你。"

Ivan穿了一身蓝白条纹西装，是我认不出的牌子，合体地包在他身上。后来，他透露说，这些西装都是在香港上环一家上海老师傅的铺子里定制的，即使穿烂了也不换裁缝。他随意披了一条窄边黑围巾，旨在把白天围住，把窗外熙来攘往的车声人声围住。

我讽刺他说，这次见面根本不是出版人与作家，更像是妓女与掮客，好在交易的是文化底蕴，过招的是脑容量。

我点了糖醋藕小排、百菇卤味饭和九层塔茄子，听上去是硬菜，可菜量真是软得吓人。Ivan爱吃素，只多加了一个美人米炒笋尖和两例松茸汤。他坐在对面，隔着烛台看我吃。

大概是好久没来过高档餐馆，我使用刀叉时总有种即将噎住的恐慌。

"你慢点吃，我们不赶时间。"然后他指指隔壁桌的女人，"说说看，你觉得她是做什么职业的？"

"她浑身上下穿的都是名牌，还戴了满手的珠宝，应该是有钱人吧。"

"我跟你打赌，她是卖保险的。"

"为什么？"

果不其然，那女子很快从包里掏出一份协议，眉飞色舞地向她对面的男人解释。

"喂，你好神啊。"

"小朋友，写作的人要多观察。你看一个人眨眼的频率，就能读出她的心。人都是有磁场的，靠磁场识人比靠外表、包装都准。她的名表和珠宝都是假的，一身二三十万的人怎么会让身边的男人用大众点评团购二人餐？"

"那你凭什么觉得我不错？"

"我得再观察观察，你可比她难读。"

打印好的稿子就放在我包内，那么近，触手可及，但我始终没交给Ivan。直觉告诉我，他是个不太老实的老实人。说回来，我最信不过的还是自己。一方面，我不明白他为何会对我有一见如故的感觉；另一方面，我担心自己对他的反馈有了期待，我从小就畏惧面对评判台、主席台、演讲台上的人，无论他们扔的是鲜花还是臭鸡蛋。

意外获得他人欣赏的我，此刻，像一尊等待被主人拨动琴弦的竖琴，渺小地矗立着。

我擦净嘴巴，诚恳相告："真的是好久没吃这么好吃的东西了。"

可我没说，饱腹能带来肉体的温暖，在精神上，我还想再来一次全麻。

第十八章：撕碎旧梦

我收到吴玳寄来的明信片已经是他回北京以后的事了。一共五张明信片，分别记述了他去过的五个地方。吴玳在最后一张明信片的背面写下一句：姐，我恋爱了，希望得到你的祝福。我没有追问他爱人的模样、第一次牵手的紧张、第一次做爱的兴奋，直到他从工作室带回一批新画，带回来一个韩国男人。

那韩国人略带羞涩的脸庞让我印象极深，他上身穿着薄薄的针织短袖，胸肌若隐若现，下身穿着细腿蜡笔裤，臀部翘翘的，活脱脱是网络小说中形容的那种人——进可欺身压正太，退可提臀迎众基。至于如何定义"基"，想到这里，我慌了一下神。陈清扬见到吴玳拉着男朋友站在门口，也有些不知所措。

在全世界都愣神的十几秒中，我在脑中反复寻找自己的定位，我到底应该算是吴玳姐姐还是他的朋友，哪个身份更加重要，还有，是否应该向吴玳父母交代这件事。

"姐，不欢迎我们？"

"没有，你带朋友来玩啊？"

"我恋爱了，这是我男友Kwon。"

这时候，多亏陈清扬出场，他露出恰如其分的笑容，伸出手郑重欢迎这对甜蜜恋人。

清扬去厨房拿喝的，"你们想喝什么？家里只有可乐、啤酒，嗯，还有一瓶喝了一半的威士忌。"

"Nothing, thank you!" Kwon连忙站起来，毕恭毕敬地说。

我拍拍他，"没事，你坐。Seat, treat youself like home!"

"他就这样，对重视的人特别客气。"吴玳说。

我瞪了一眼吴玳，"我没问你。"

吴玳接过清扬手里的可乐，使劲摇晃着说："吴瑾榆，你再惹我，信不信我滋你一身？"

"吴玳你现在胆大了，连你姐都敢惹，小心她弄死你。"清扬说。

吴玳傻笑起来，Kwon明显听不懂我们在说什么，他看见吴玳笑，也笑了。

好一阵子，我们四个人坐在绿松石沙发上，像极了古董城橱窗里陈列的珠宝——玛瑙、琉璃、蜜蜡、紫檀珠子，沟通不畅。吴玳和Kwon用英文低声交谈着，语调是我从未听过的温柔，他问他渴不渴、饿不饿、要不要吃点什么，如果想吃，他愿意去煮面，如果不想吃面，他们可以叫外卖或是去楼下吃麻辣火锅。

韩国男孩毕恭毕敬地回答："您们决定。"

四个人没能拿定主意，气氛尴尬到没人愿意主动下厨，于是我们只好一起去吃麻辣火锅。似乎，在热气腾腾的锅子背后，来自伴侣家人的拷问不足为惧。我相信电影《爱情麻辣烫》里的箴言：如果你爱一个人，带他去吃火锅，恨一个人，也带他去吃火锅。

吴玳一路翻译、解释，他说 Kwon 很喜欢我们家的装潢，还说第一次见面怎好让我破费。

听后，我嘟囔道："没人说要请你们吃啊。"

麻辣火锅，微辣的汤不是红色，却能烫焦人心。陈清扬一个劲地给我夹菜，想要堵住我的嘴，生怕我出言不逊。

吴玳对男友的喜好了如指掌，一会儿说 Kwon 不吃羊肉，一会儿说 Kwon 对猪肉过敏，一会儿又要忙着给 Kwon 挑鱼刺。我和吴玳认识二十多年，从来没见他这样待我。

我有点黑脸，问："你们俩认识多久了？"

"在西安认识的，他在回民街迷路了，那天恰巧季老师放我假，我就在贾三包子铺门口撞到他。"

清扬看着我说："原来是包子成就了他们。"

Kwon 夹了一大块水煮肉给吴玳，结巴着用中文说："好在有他。"

吴玳刚要开心地大快朵颐，却被我打断，我问："你不是不爱吃牛肉吗？说什么对皮肤不好。"

"那要看是谁给我涮的肉，你的肉我才懒得吃。"吴玳津津有味地嚼起肉。

"我靠，太阳打东边出来了。"

陈清扬连忙纠正我，"太阳本来也是东升西落。"

"你也顶嘴是吧？"

太奇怪了，我弟在一夜之间长成大人，实现了民主独立。我露出狐疑的目光，他在西安遇上韩国基友，总觉得不可思议。而吴玳完全不在意我的看法，他说在西安的相逢正是夜深之后，店铺即将收档时，最后一屉包子摆在他和 Kwon 的面前，老板难定先来后到的顺序，没想到这二人最后一致决定要"有福同享"。大冷天里吃热包子，吃着吃着就吃出了感情。

陈清扬笑笑，"包子好，比鸡丝汤面好！"

我从锅里夹了一块豆腐扔到他碗里，"喏，给你'感情'。"

陈清扬马上将豆腐夹了出来，"你忘了？我不吃豆腐。"

"呼。"我释然慨叹，陈清扬还正常，说明这世界是真的。

回到家，我拿出用布裹起来的吴玳新画，打开之后发现每张都差不多是正方形的小尺寸作品。第一张轻描淡写地画了两个梨，第二张再打开是一个苹果，第三张画里有一对香蕉，第四张是一个孤零零的枣核，第五张的画布上空无一物。这是一种近似莫兰迪静物的用色，灰旧并带有泥土的气息。吴玳第五张作品的背后留下创作的线索，他刻画的是一个十分简单的念头：从周一到周五的日常生活，周五没吃水果。

我问清扬怎么看这画，他只道出两字："羡慕。"

"羡慕什么？"

"爱情里除了共生关系，还要对抗人性的贪婪，独占欲、控制欲等等。活得迷糊的孩子，泡在混沌中等死，得过且过，不像咱俩那么痛苦。"

"啧啧啧，这话真不像从你嘴里说出来的。"我把拆开的画包起来，"我认识的陈清扬竟然赞美起爱情来。"

再后，罗诺德夫妇来家中做客，小罗在"枣核"前也驻足了好一阵子，他忽然冲着正在看电视的马琳和我，大喊："这个艺术家是谁？我要认识他！"

不知道是不是应该感谢小罗，他在朋友圈和微博上广而告之，其后更多的朋友慕名而来。看画的人越来越多，令闲置已久的灌装咖啡粉在两天内全部喝光。

艺术界的朋友问了许多关于吴玳创作的问题，连不懂画的Manic成员都能看得入神，大家都说这批画真不简单。

直到洪鑫来看画，他用眼睛一瞟，坏笑着问："你弟弟出柜了？"

洪鑫说他站在同志的立场上，能把这个世界看得更加清楚。他拿手机分别拍了五张照片，为它们起了一个洋气的主题——"欢迎来到成人世界"。在他的推动下，他画廊的几个大客争相询价，大家都相信他的眼光，都问他这画卖不卖，卖多少钱。

"老吴，帮帮我，跟你弟说，我们想签他，为他做亚洲独家代理，你觉得呢？"

"你得问他意见，还要搞定他老板和男友。"

"他老板是谁？"

"季周。"

"嗨，我以为谁呢，那好办。不过这么有才华的孩子不应该被埋没了，干脆我跟老季说，让他出来自己画。"

"不合适吧，吴玳还小。"

"'90后'还小啊？孩子都该打酱油了。你别管了，吴玳的事包在我身上。"

对于想得到的东西，洪鑫的动作是超乎想象的快。

那天下午，吴玳就给我打来电话，他说，他从季周工作室辞职了，准备接受洪鑫的提议，年末先在香港办个展览，明年再走出亚洲。

"你小心一点啊，别让人骗了。"我在电话里嘱咐他。

"这话至少听你说了二十六年，所以我一口咬住，不和洪鑫签约。"

"展览在12月，你来吗？"

"你变得太快，我觉得陌生了。我现在不能确定。"

"姐，没人能取代你，即便是Kwon。"

"你真的喜欢那韩国人？"

"喜欢啊，你别管了。"

"你别因为寂寞，就放任自己，那样会伤害自己。"

"知道了。姐，还是您对我好！"

"滚，少来。"

"姐，我该对自己走的路负责。以前我是文艺青年，我现在不了，我得赚钱养我自己、我男友、你、姐夫、我爹妈。"

"你的意思是你放弃文艺了？"

"我的意思是，我不再是一个青年了。"

"那你为什么还画画？"

"呵呵，你为什么还写作？"

"因为我不会做其他的。"

"姐，我觉得如果咱们是俗人，会是一对很好的俗人。"

我接不上他的话，吴玳似乎在一念之间长大了。

他的画持续走红，我家门槛差点被踏破。我想不到他随手一画，竟能吸引那么多目光，有羡慕、崇拜的，也有猎奇、寻宝的。其中，包括口味挑剔的Ivan的好奇。他特意摘下眼镜，眯起原本就不大的眼睛，认真地问："枣核那张多少钱？我收了。"

"不要钱，你拿走吧。"

"怎可能？你弟弟要价多少？不能让人说我欺负小辈。"

"没事，先给你，钱到时候再说。"

即便如此，我还是发现，在Ivan派人取画的那天清晨，我的账户多出了十几万的汇款。

早上醒来，我一边煮两人份泡面，一边跟Ivan通信："你给多了，不值那么多钱。"

过了一会儿，等我把鸡蛋下到面里，手机振了振。

Ivan回信："这不是施舍，我觉得吴玳真的蛮有潜力。"

我说："他的作品怕是不合适摆在您的收藏中吧？"

"你把我想得太严肃了，我的收藏正缺年轻人的创作，活泼有意思。"Ivan提到他自己的收藏，再追加了一条短信："谢谢你帮他选画！如果周末有空，不如和你音乐家男友一起来我公司看看？这里有我大部分的收藏。当然，你可以帮我参谋一下，怎么挂这张新画。"

我弄醒陈清扬，我的小臂揽住他的大臂："喂，周末有空吗？去Ivan公司看画？"

"Ivan？他谁啊？"清扬揉揉眼睛。

"你前女友的上司。"

"谁？"

"佳艺出版社的那个金主，不是你介绍的吗？"

"哦。"

"不去也成，我无所谓。"我抿着嘴，看着大男孩的后背，揉搓起来，问："你怕见前女友？"

"放屁！我要是怕，能介绍她老板给你认识？"

"那就明天？"

"行，听你的。"

翌日中午，陈清扬接了一通电话，Manic下午要为一周后的广州演出做最后一次彩排，我问他不如等他从广州回来再一起看。清扬说没这个必要，他说为了出书的事我以后不会少跑佳艺，可以先混熟门路。

我套上一个厚毛衣就出门，我觉得清扬怕重遇"旧梦"。

佳艺出版社位于西三环，我先搭1路公交车到阜成门，再倒一次地铁。挤在充满"人味"的冬日地铁，我看看脚下套着袜子的人字拖，无论寒暑，还是喜欢穿人字拖，自在舒适。白天干净的脚丫，晚上回来就脏兮兮的，泥土和沙子是这城市独特的体液。

出了地铁站，我看到一辆异常干净的黑色路虎。这车形如主人，干净得不像北京的车。Ivan已经在地铁口等候多时，比起上次见面，他穿的明显厚实一些，换了一条褐色的羊绒围巾，戴着皮手套的手向正寻找方向的我招手。

Ivan的办公室分成内外两间，以一条长长、窄窄的甬道连接起来，外室以现代主义绘画为主，涵盖了高更、塞尚、毕加索等人早期的小幅作品，唯一一张大幅的是一个抽象派的女子人像。

"这是谁啊？"我看着画像中的俏丽女人问。

"那是我老婆，我画的。"

"她的脸怎么被涂黑了？"

"野兽派都这么干。我想我还是不敢直面她，就胡乱涂了一下。"

我们进了甬道，光随着身影在走，映在墙的两侧。在这里，美国抽象表现主义是重点，波洛克面对德库宁，罗斯科面对克莱因，这些画的总估值少说也有九位数。这些主要是在曼哈顿中城区的国际画廊买入。

近十年，Ivan主要生活在北京，他更倾向于到拍卖会买东西，"旅游少了，周边环境变了，收藏的心境也就不一样了。"所以，就有了内室中二十多张当代艺术作品，有韩国单色画、日本物派和具体派，也有中国的"政治波普"。我的眼睛从张晓刚的一张《血缘大家庭》移开，只是瞄了一眼旁边角落里放着的画，没想到仅此一眼，我愣了。

同样的明暗，同样的布局，同样的裸女，同样的胸部，可画中的"我"看起来如此吝啬，红唇紧锁，一滴颜色都不给别人。

Ivan见我看得入神，解释道："这是季周的《隐君者女之五》，刚从他工作室搬过来的，还没来得及挂，正好，你帮我看看挂哪里最合适。"

我未作答复，只是站在原地，呆呆地看着画。

"有什么问题吗？"Ivan将包在上面的泡沫薄膜慢慢揭开，问："不然，挂写字台后面？"

我这才回头看他。

他对着写字台后面的墙打起比划，"写字台后面？"

"哦，都成。"

"怎么了？不太高兴啊，还是嫌我品位不够好？"

"没有。"

"穿得少，冻着了？瞧我，今天秘书不上班，我竟然忘了问你，要不要先喝点热的，Coffee or Tea？"

"不用了，没关系。可是这张画为什么会出现在这儿？"

"老季卖给我的，他画了好几年。每次去他家管他要，他都不肯给。不知最近怎么了，忽然同意卖了，可能是因为有了小朋友，心性大变。"Ivan走过来，蹲在我身边，一同看画。

有人靠近，我一个神经性的条件反射，迅速起身，"你们很熟吗？"

"他在美国进修的时候，我们认识的，大概是在1996、1997年吧，怎么？"

我抚摸画框，强忍着不想下去，转而将画拿起来，"你刚刚说，摆在写字台的前面？"

"不，后面。"Ivan冲我咧嘴笑笑，"我发现你倒是蛮像一个人。"

"谁？"我特意退后几步找合适的位置。

"我老婆。不，前妻。"

挂完画，我回过头来，发现Ivan笑得有些勉强。

事后，我们一起吃晚饭。我从Ivan嘴中得知他老婆人在美国。两人结婚十年，他一直深爱着这个美若天仙的女人，从第一次见面便认定这女人将会成为自己的妻子。但就在他来北京之前，他得知自己的爱人原来是为了得到美国绿卡才嫁给他，并且在他选择去中国的时候，妻子坚决要同他分手。

"一颗热心不断去融化冰心，没料到在融冰时，自己的温度也在降低。"

Ivan讲起这段故事，忍不住从酒架上取下一瓶白兰地，他扬起眉毛说："她向来只跟我讲结果，不讲原因，我就选择不问。现在想想，我才觉得这不是宽容、不是有胸怀，而是傻，我对她的过去一无所知。前几天，我听说她回国了，却始终找不到她。为了找她，我甚至报名参加了相亲节目，节目播出后还是没收到任何关于她的消息。你说我是不是很傻？"

Ivan说不清楚为什么我像他的前妻，他敲了一些冰块，放进我的杯子，"感情这件事上，就应该忽略过程，只讲结果。"

"过程不重要吗？我宁愿相信情人是彼此热爱的。"

"就像没人会在乎不知名的作家写的小说一样，你写得再好，没人知道、没有流量，那跟写得差有何区别？如果可以将文字兑换成钞票，又能让更多人知道你的作品，为什么不？这就是结果的诱惑力，追求结果总是容易、实际一些，你说呢？"

"画家没必要卖画，画完就是最好的结果。"

"吴瑾榆，你还是没听进去我说的话。"

几年前，Ivan第一次在季周家中看到此画，就问过季周能否割爱，当时曾被画家一口回绝。他买下季周的这张画，只为当初第一眼的钟情。

一瓶酒喝过大半，Ivan接了一通电话，商谈了没两句，他突然失态，大声抱怨："这么点小事都处理不好？养你们有什么鬼用？"

挂了电话，他举起剩下的半瓶白兰地，想一饮而尽。

我抢过瓶子，"别喝了，你醉了。"

Ivan让我打给他助手。我照做了，接电话的女孩名叫蔡岫，稍后也由她来接Ivan。这个娃娃脸、不算漂亮但很秀气的女孩扶Ivan上车，回头跟我说了句"谢谢"。她话语温柔，嘴角露出特强的笑意。

有很多事情我理不清缘由，不知道是因为秋去冬来，还是因为没有喝白兰地，整个人过分地清醒。

我不懂，季周怎能未经我的同意将帆布上的"我"卖给一个陌生人。

我不懂，他通过贩卖"我"，赢得了什么。

驼着背，双手插在裤兜里，我飘在三环辅路上。鬼使神差之间，我拨通了季周的电话，嘟嘟两声之后，电话那头缓缓传来一阵静默，接着季周问："吴瑾榆?"

我立刻挂断电话，好在季周没打回来。

在吴玳香港之行前夕，他告诉我，11月中，季周陆续开始出售《隐君者女》。如今，整个系列的画作散落在全球各地的大小交易市场——纽约、巴黎、伦敦、日内瓦、香港。吴玳还说，季周从西安回来不再动笔画画，他整日酗酒、萎靡不振，对着旧作发愣，任凭画廊主们轮番催促，他都置之不理。吴玳让我去看看他，就算治不了他的病，叙叙旧也好。

这回轮到我拒绝，我故作坚强地说，重温旧梦就是破坏旧梦。如果一个艺术家的创作因爱而生，那他就该为爱情而死。恰巧，醉生梦死的人都是贪生怕死之徒，更何况，人人都怀疑自己是否被爱人真心爱过。

第十九章：一小撮头发

陈清扬去广州演出的当天早上，我早起为他煮了水饺，这也许是本人能力范围内可以做的最丰盛的早餐。等到清扬睡醒，我指指客厅已帮清扬收拾得差不多的行李，问他还有什么需要带的。

"演出三天，玩两天，五天后我就回来了。内衣准备得太多了吧！"清扬将被我叠成一摞摞的内裤抖了出来，数着："一条、两条、三条……"

"一时手贱，全洗了，都带上吧。"见时间差不多，我去厨房灶台的锅里盛饺子。

在香港住久了，我开始习惯将饺子和汤混在一起吃，但清扬每次都要将汤空出去，北京人习惯饺子是饺子、汤是汤，泾渭分明。两人便这样默默吃着饺子，都没费心找话头来说。

吃完饭，我示意清扬系上围裙坐到客厅去。我找来祖父理发用的电推子，搬过凳子坐在清扬身后。

"头发长得真快。"我拿着电推子，帮陈清扬推掉发尾的一圈头发，然后一点点推上去。

电推子行至鬓角的时候，我推得慢了一些，然后我问：

"为什么是我?"

"啊?"

"我有什么好的?"

"我可没说你好。你对我来说,就像人必须呼吸。当然,我也怕我有一天厌倦了呼吸,那我的生命可能就失去了存在的必要性。"

"有我在,休想有这么一天。"

"把我弄帅一点啊。"清扬说着甩了一下脑袋。

"别动!"我狠狠拍了陈清扬的脑袋,"操!害我推歪一块!"

陈清扬反而眯上眼睛,我看不到他的脸,但听声音分明是在笑,"我看你是预谋已久,想把我推成乐天那种光头,你以为秃子好打理是吧?"接着他又说:"吴瑾榆,我要学着自己相处,不能过分依赖你。"

这问题不需要我回答,我静静修整着他秃掉的一小撮头发。

"秃一块显得特别,艺术家得有艺术家的样儿。"清扬晃晃手中的镜子,他透过镜子看着从我指尖坠下的发丝。

"陈清扬,我准备找个工作,攒点钱。"

"攒钱干什么?这次演出后,咱就有钱了,我带你去旅游。"

"不用旅游,你出钱给我换个电推子。"我的模样就像是一个尽责的花匠,试图补救因为裁剪过度而略显不得体的园林。

"行。"他语气柔和道,"我走后,你记得按时吃饭、睡觉,别熬夜写书。"

"成了,少废话。"我放下电推子说,"我去拿笤帚,你自

155

己起来去洗手间把围裙上的头发茬掸掉。千万别掉地上，不好扫！"

等到我从厨房出来，发现这傻子蹲在地上用手一根根捡着头发茬。

"还是掉地上了？"我问。

"嘿嘿。"他傻乐。

这时，楼下的房车按起了喇叭，我打开窗户往外探，川子正抽着雪茄冲我点头。

我拉起清扬，"他们来了，你该上路了。"

"'上路'听起来真不吉利！跟赴刑场似的。"清扬从沙发上拿起一条脱了线的红围巾，左右手各拎着行李包。

我帮陈清扬整了整衣领，狠狠刮了下他的鼻子："仲驭嘴添？"

这男孩回赠我一个大大的拥抱。

"下周就见面了，别抱着不放呀。还有，别戴那条围巾了，都脱线了。"

"没事，戴着舒服。我到了广州就向您报平安。"清扬吻了我的额头。

"OK，演出顺利！"

清扬刚走到门外，就杀了个回马枪，他似乎忽然想起来什么，说："对了，我有点东西搁洗手间梳妆桌上，你……等我走后再看。"

我点点头，与他挥手作别。

回到屋里，我急不可待地跑进洗手间，像一个初次经历圣诞节的女孩子，找到那份"礼物"。就在这时，乔悦打来约我周末一起出来聚会。她说，到时候除了介绍逸铭拍卖行的人给我认识，还会有一些艺术界的大人物到场。

"不去了吧，我现在有事。"

"你能有什么事?"

"喂！王菲，我可是好久没见你了！想你想得浑身痒!"
电话那头忽然传来 Naomi 的声音。

乔悦接过电话，继续劝说："名单还没确定，反正陈清扬
也不在家，你一个人过来蹭饭吧。在钱粮胡同的芷兰轩，私
家会员才能进，多难得啊。相信我，你肯定会喜欢那边。"

我一时之间找不出拒绝的理由，只好以默许表示同意。

其实，清扬留给我的其实是一张黑胶CD。我将碟片拿到
客厅角落里的唱片机前，吹掉唱盘上的浮尘，拿下唱头的保
护套。我将唱针放到已摆好的唱片上，唱片悠悠地转动，清
扬温柔的声线溜了出来："小榆，这首歌写了很久，好在有你
在我身边。本来说好要写《给亲爱的你》，但我把它改了，现
在取名作《她》，希望你不讨厌这个'她'。"

随着手指击键的声音，是一首d小调的钢琴曲：

有一个女孩

从不听故事

不在意生死

不想要爱情

她总是笑我

那么的犹豫

模糊了一切

隐埋了名字

她忽然问我

生命是什么

像挣脱缰绳的野马

它奔向何方

无法停止的咆哮

等气馁成为常态

当喧嚣平息之后

在旱涝分明的旷野

没人再有这些疑问

我抱着你

而你，凝望着她

　　我躺在沙发上戴上耳机，循环播放着《她》，一只手指随着乐律轻轻敲击着沙发背。慢慢地，我的手垂了下来，眼皮重重的，打起瞌睡来。在黑暗的梦里，我记得我试图寻找唯一暴露在光亮处的那一双手，十指纤细，那明明是清扬的手，于是我不自觉地将双手紧扣放在胸前。

　　我在努力摸索他的位置，一瞬之间，清扬的手突然消失，音乐亦戛然而止。我想打开一盏灯，照亮陈清扬的模样，可我只摸到一个开关，奋力按下开关，却发现眼前出现的是陈清扬的脸，或者这应该是小说的男主角，总之这男人的脑门全是汗。不知道为何，我发现小说进行到中段，我开始失控，然后我笔下的人物正在失控，他们不再听命于我，而是想要摆脱纠缠在一起的浑噩宿命。

　　如果让 Ivan 知道我是这么一个没能力的作者，我相信他会撤回出书的意向。如果让我的读者知道这件事，他们大概会失去读下去的耐心，转而责怪我小说里的人物行为无法预测、思考毫无逻辑。莫非是我对角色太好，才放任了他们的胡作非为？可是他们此刻的作为，凭什么由我审判？我感觉一直以来在我写作中困扰着我的行为标准、行文方式、人物塑形、角色扮演等等规则，正在被这个该死的梦一口口吞食。

直到遍布周身的刺痛平缓下来，那盏灯摇晃晃地出现，我仿若刚从海底深处挣扎上海面的鱼，呼吸到现实的空气，急喘了几口气，眼睛一下子睁开。许久，我呆滞地望着天花板上的吊灯，直到察觉屁股下有东西在振动，我缓缓将手机抽出来。

"喂……"

"这周写了多少？"是Ivan来电。

"哦，现在几点？"

"下午4点25。不是还没起床吧？"

"我尽量下周写到六千字。"

"不行，一万字。"

"八千吧，我状态不太好。"我下意识地摸着自己的脑门，全是汗。

"好吧，那我暂时不催你，咱们电联。"

"好。"

"周日晚上有个聚会，在芷兰轩。我可以带一个女伴，你愿意赏脸吗？愿意的话，我去你家接你。"

"再说吧。"

"吴瑾榆，这是生活，你需要常人的生活。"

Ivan说得没错，我没有"常人的生活"。多数时间，我的脑袋空无一物，只是将手摆在键盘上，无故地敲着，不知道应该写什么，我在畏惧那个梦。

在清扬走后几天，我尽量不下楼，饿了就睡，睡醒了赶稿子。半夜再饿醒，我在领角泛黄的睡衣外面套上清扬留下的脏毛衣，下楼去买成都酸辣粉吃。在这期间，吴玳出发去香港前来给我做了一顿鸡丝汤面，邻居刘爷爷为我送过一碗炸酱面。

我给Naomi打了电话，"我还是别参加周末的活动了。那是你们上流人的消遣，我这种人肯定应付不来。我也没有合适的衣服。活到快二十八岁，没买过一条超过千元的裙子。"

听了这话，Naomi却异常兴奋地命令我在家等她和乔悦。她说，周日那天她会上门为我"服务"。我不明白她什么意思。

果真，在周日下午，我等到了她的到来。

一开门，外披白色貂皮大衣、内穿红色抹胸紧身裙的Naomi就将几套套着防尘袋的大牌时装塞给我，"这些衣服沉死了！快挑一件！"

"Naomi，你怎么穿成这样？"

"怎么了？不够风骚？"

"够。"我摇摇头。我扭头一看，乔悦更让我惊艳，她打扮起来真是美人一个。她着一身黑色及膝布裙，素白的方脸上有了些颜色，反倒显得更有棱角。

乔悦说："我已经帮你从她衣柜里挑了适合你风格的，其他款式太露，你肯定不穿。"

"谢谢，可是我还是……"

Naomi脱下外套，冲我嚷："你们家怎么一股死老鼠味啊？"

然后她马上趴过来嗅我身上的气味，"嘿！你几天没洗澡了？"

"别说了 Naomi，快让她简单冲一下，然后帮她'洗心革面'。"

我疑惑了，"洗什么心，革什么面？"

Naomi 推我进洗手间："Hurry up！"

等我这个"女主角"裹着围巾出来的时候，Naomi 手拿化妆包，乔悦手握发型棒，冲我坏笑。两个造型师强行拉我到沙发上，一个负责我的头发，一个负责我的脸蛋。

Naomi 摆弄着我的脸，她对着梳妆镜端详我，"王菲，你脸上竟然一丝皱纹都没有，简直太过分了！你不知道，这皱纹就像折纸，一旦有了痕迹，就很难再恢复了。"

乔悦凑了过来，"别怀旧了，早就不是一捏一把水的年纪了。"说罢，她又涂了一层口红，Naomi 说那是"斩男色"，所到之处，直男无不为其疯狂。

我瞥见茶几上的电话打着圈振动，可造型师正用她的"大波"压着我肩膀，令我的挣扎毫无意义。我肩膀上颤抖的肉团与广州打来的电话共振，在高八度的调侃与嬉笑中，我什么都听不到。

第二十章：芷兰轩

芷兰轩坐落在东四，相传是由清朝亲王的府邸改造而成，在闹市之中建有里里外外三堵围墙，外墙下面种有竹林。若你碰巧驱车经过，见到胡同入口处那一排排秀竹，定会以为自己来到了南国，顿觉错愕。

Naomi告诉我，芷兰轩是比中国会还要高档的地方。这里，连养竹子的土都是从浙江湖州空运过来的，土壤底下铺了一层自动调温调湿器，想尽办法让竹子在北方好好存活。但竹子是如何防御雾霾的，似乎没人在意。我心里念叨，不愧是亲王府改建，放眼望去满是旧式的榫卯结构，横梁上褪了色的彩绘壁画中依稀可见传统神话人物，有闹海的哪吒，有过海的八仙。

虽然出门前太过匆忙，以至没来得及照镜子，但我猜测自己大概被打扮得不错。未进入正式的晚宴现场，我和乔悦已随Naomi向她的朋友们打招呼。从那些傲睨一切的老板眼中，我看出他们对我有兴趣。宴会厅的入口，洪鑫带着他的男朋友和几个外国帅哥聊天。我朝他微笑，他看见我后冲着我举起酒杯。

转角处，谢顶的白胡子老头搂着一个年轻的穿旗袍的高挑女人，Naomi 快步走过去，先向老头送上了贴面吻，娇嗔地说："秦总，我好想您！"没等 Naomi 说完，那老头就搂住她的腰。

乔悦用广东话转告我，这人是她们拍卖行的董事长秦总。

Naomi 摆摆手，让我们先走，她好像另外有事要请教秦总。

一个侍者向我和乔悦走来，我们被引向府邸深处。芷兰轩是一座花瓣结构的迷宫，长廊与长廊层层环绕，日式的枯山水与竹林重峦叠嶂，将礼宾部由外向内地包裹起来。礼宾部位于"花蕊"的正中心，来宾抵达这里后需先以清水洗手，合十双手做一个简单的祷告，然后交出手机、存入外套和大衣。

"为什么要缴手机？"我问侍者。

"尊贵的客人，实在抱歉，这是芷兰轩的规矩。"侍者递上一张房卡，106。

"我就不用了，等阵就走。"我把卡塞给乔悦。

乔悦没有收，小声回复我："佢哋仲系唔系人嚟嘎？"

"简直系机械人。"我答。

侍者接过乔悦的东西，再递出两张房卡，108 和 110。

"我帮 Naomi 攞多一张卡，等下过去给她。不过我等阵都有嘢同个客倾，恐怕你都揾我唔到。"

这时再看 Naomi，她已进入"状态"，正拿着半杯香槟和秦总身边的大老板谈笑风生。这时，身后忽然有人拍我的肩膀，回头一看，原来是 Ivan。

他笑着说："你今天真美。"

"您在笑我。"

"没有，我说的是实话。这位小姐，您怎么看？"Ivan冲着乔悦眨眨眼，"忘了请教，怎么称呼？"

"我是瑾榆的朋友乔悦。"

"哦，乔小姐，我好像听瑾榆提起过您，您口音不像本地人。"

"我是香港人。瑾榆也和我讲过您，所以您是出版公司的董总？"

"惭愧惭愧。"

"冒昧地问一句，今晚可否麻烦董总帮我照顾瑾榆？"

"My Pleasure。"

乔悦和正要步入宴会厅的秦总打了招呼，示意自己很快进场，不料她手中的两张房卡掉了出来。我连忙帮她拾起，一时间我手中拥有三张卡，递了其中的两张卡给她。

乔悦转头看着Ivan："多谢。"乔悦走前，掐了一下我的小臂，笑笑。Ivan也笑着将目光停留在我身上。

"可不可以别这样看我？"

Ivan遂将注意力移到酒保身上，走到吧台，点了两杯"Virgin Marry"。等酒保调好一杯，先递过给我。

"我以为你会帮我拿'Bloody Marry'，怎么要了杯果汁？"

"小姐，你的朋友让我保护你，我怎么能醉？再说，你今天穿的这条波西米亚吊带长裙很适合你，和这杯果汁很match，纯。"

"你不了解我，其实我是血腥玛丽。"

Ivan忽然大笑，直摇头道："你呀，最大的问题就是自视过高，不够了解你自己。"

"聊什么呢，这么高兴？"一条熟悉的声线与我不期而遇。

我没有回头，余光瞅见季周托着一杯Single malt绕到我身边，止步于我和Ivan中间。他问："怎么站在门口不进去？好久不见，吴瑾榆。"

"你们认识？"Ivan十分惊讶。

季周的身后跟着画家王韬，王韬走过来和我握手，"据我了解，季老师第一篇海外评论就是我们吴老师写的。"

"王老师，我可不是什么'吴老师'，我只是个小记者。"

季周笑着说："是啊，吴老师，天下谁人不识君？老董你那么博学，竟然不知道我俩是老朋友。"

我长"嗯"一声。

王韬又和Ivan握了下手，指着我说："上次我见吴小姐，她把我臭骂一顿，后来写了一篇文章来指明我的问题，让我受益匪浅。如今，中国艺术家身边就是少了她这样敢说实话的人，许多画家都是狗屁不通，钱包鼓鼓，才华少少，还敢自以为是。"

我瞪了一眼Ivan，"董先生刚刚还在吐槽我的自以为是。"

Ivan却转移了话题："季周，你可真不够意思，如果我早知道你们认识，肯定不敢在瑾榆面前炫耀我和你的关系。吴瑾榆，说说你当时心里怎么想的？我一路介绍收藏，你一路等我出糗？"

"没有，我又不是什么隐君者女，何必对你有所保留？"

季周忽然脸色一沉，直勾勾地看向我。

几秒过后，我说："各位，失陪一下，去趟洗手间。"我把Virgin Marry塞给Ivan，沿着天花板上的指示，快步走入通往后院的一条僻静的长廊。我相信我走得很快，甚至能听到竹叶随风摆动的"沙沙"声，直到我感到自己的手臂猛然被一只长茧的大手抓住。

那大手将我强行拉入女厕所内的一个隔间，接下来袭来了一连串动作：关门、放下马桶盖、推我坐到马桶盖上、撩开长裙。我处在无力的状态下，似乎有人刻意点燃了我，全身烧得通红，理智被熔断成碎片，意识中开始飘过沃尔夫冈·伊瑟尔提过的"空白理论"——我们牵涉其中，以提供未言的意义。

我看不清他的脸、他的下体，有一秒神经错乱了，竟将他的脸当成了他的鸡巴，我害怕他把脸贴过来，不断向后仰靠，但他用手死死扼住我的后背，我更加害怕他那形如下体的脸。此时，环境空白、人物空白、情节空白环绕着我，我怎么也想不起来我现在处于何处、正在和谁做着什么。直到我听到裙底下面的"大手"在低语说："我想你。"

白色的记忆碎片飞溅各处，只听"啪"一声巨响。

意识恢复，我抽了季周一巴掌，证据是我那仍僵着不动的手。季周这才知趣地从我身下抽了出来，他扶着地、喘着气站起身，打开门狼狈地逃了出去。不知道过了多久，我从洗手间走了出来。我一摸自己的脸是湿的，才知道刚刚我在水池面前站了一会儿，还洗了脸。可是我对镜中的自己没有任何印象，他们说，今晚的我美丽动人，我感觉不到半分，而且好像反以为耻？

站在洗手间门外的走廊，隔着玻璃看对面的宴会厅，这里已不像开场时那般热闹，不断有人从场内结伴而出，我迟迟不见红色的Naomi、黑色的乔悦，或是那无处不在的透明色的季周。就在这时，迎面走来了陈清扬的爸爸陈黔古，他瞥了一眼颓态的我，我刚想开口问候他，可他却转身就走，显然他并不期待与我在这里碰面。

"吴瑾榆！"我忽然回头，见到正为我着急的Ivan，"你怎么了？"

没等他再问，我一头栽在他左肩上，眼泪不停流。

他张望了一下，急忙拉起我上楼到他的房间，206。关上门，他连连问："先别哭，发生什么了？"

我摇摇头。

他叹了口气："那你让我猜猜，点头表示猜对，摇头猜错，好不好？"

我点了一下头。

"你刚刚去洗手间，所以……那谁跟过去了？"

我刚想摇头，却轻轻点头。

"我有点糊涂了，你们不是普通朋友？"

我试着止住泪。

"你就是他以前那个情……女朋友？"

我没有作答。

"这家伙刚才没把你怎么样吧？"

"没有。"

"别哭了，爱情本身就是瞎子摸路，谁还没有踩过坑，是不是坑都要陷进去才知道。"

"我拒绝他了。"

"刚刚？"

我用力点点头。

"没事，没事。"Ivan把我从地板上拉起来，接着递过一杯水，"我只能说，虽然季周变了很多，但他还称得上是一个念旧的人。感情久了都是这样，留着没用，扔了可惜。你呢，还爱他吗？"

我慢慢咽下一口水："不知道，我想弄清楚。"

"这样，我现在去找他过来，你们两个好好谈一谈。"

"别！"我抹掉眼泪，黑色的眼影晕染了眼眶，"等我缓缓，缓完你再陪我去找他好吗？我需要你，有你在场我心安。"

Ivan笑着摸摸我的头，"如果我能像你一样，开心就笑，不高兴就哭，那多好。"

"你怎么了？"

"就在我等你的那半个多小时，我遇见我前妻了，她回国了。"

"回北京？"

"Well，世事难料。"蹙眉的Ivan嘴角抽动。

"我刚刚看见陈黔古。"

"巧遇真是可恶，因为它带来太多'意外惊喜'，就像我猜不到前妻身边已有别的男人。"

"玫瑰身畔难免有些杂草。"

在这隔音极好的总统套房中，我的肚子突兀地咕咕叫。

"你这是饿了？我知道这家的日式Omelette很好吃，别看它曾是王府，后来由一个日本富商买下，改造成西式装潢的芷兰轩。楼下的竹子全是京都运来的。"说罢，他从地毯上蹭到桌子旁，拨通了楼下礼宾部的电话，"麻烦你，206，两份烟肉Omelette。"

"竹子不是从浙江运来的吗？"

"不是，老板坚持所有材料都用日货。你刚刚用洗手间的时候，有没有发现洗手的水里混着玫瑰花瓣？"

我摇摇头。

就在这时，Ivan的脸忽然贴了下来，因为笑他眼角的皱纹加深。他帮我拭去了嘴角粘着的一小瓣玫瑰花，握在手中说："你瞧。"

芷兰轩上下找不到和时间有关的任何信号，这是创建者故意为之，旨在打造一所供私人会员享乐的桃花源。我想知道时间，屋内却连一块钟都没有。等到侍者按下门铃，送上热腾腾的蛋包饭，我问侍者现在几点了，他面露难色，"尊贵的客人，恕我不方便透露。"

Ivan又问他，季周住在哪一间房，侍者鞠了一躬说："尊贵的客人，恕我不能透露。"

"现在怎么办？"我扒开蛋包饭的外皮，西式鸡肉炒饭的浓郁香气扑面而来，蛋包饭的旁边摆着一个煎炸成金黄色的可乐饼。

Ivan撩起袖子，手拿可乐饼，一口塞进嘴里："快吃，吃完我送你回房间。"

这位老绅士吃炸物像是含着棉花糖，斯文地将可乐饼在齿间化开。

我吃得大声，一阵咔咔嚓嚓结束。胃里果然暖和许多，自觉悬在空中的腿脚落了地。

饭后，Ivan执意把我送回房间。他走在我身后，问："吴瑾榆，你怎么看'现在'这个概念？"

我们走下实木楼梯，深夜，放慢了的脚步踩在地上，还是能听到从木板连接处的空隙发出的震动声，咔咔，咔咔。他的问题考住了我，我慢慢转头，犹疑而道："没有什么是现在的，就像我在回答你的时候，这一秒已经迅速拆分成了过去和未来。"

"哈哈，你果然想复杂了。小朋友，我问的是你怎么看你和我在一起的这个'现在'。你还难过吗?"

"不难过了。在遗世独立的建筑物内，能住上一晚已经很爽了，我没时间忧伤。"

此时，我们来到106门前。门卡来回试了几次都打不开房门。Ivan提议到前台换一张新卡，也许是这张卡"消磁"了。想想也对，它刚刚是和乔悦、Naomi的房卡混在一起。侍者很快从前台过来，他说给错了门卡，已经帮我换了一新的。我拿着新卡和Ivan告别，"今天谢谢了，晚安老董。"

"Good night, little girl。"

等到我唰的一声打开房门，我被眼前这一幕吓倒了，或者，我是被那撕心裂肺的叫床声吓得瘫倒在地。而106房间的地上容不下我，此地此景，散落着外套、内衣，还有今夜我见过的那套灰色条纹西服，和那条穿在Naomi身上的可爱红裙，这些东西正在地上亲热。

床上，Naomi黑亮的胸脯富有节奏地上下摇摆，她敞开的胯下嵌入的是头发蓬乱的季周，微弱的台灯的反光照亮了他们身上的汗液，伴随着许多句湿润的"咪搞我!""唔好呀!" Naomi的呻吟真的很美，像是在废墟中弹奏的舒伯特的《小夜曲》。他们二人的身体融在月光下，变成跃出湖面的两条鳟鱼。

五秒之后，季周见到门开着、见到门外站着的我，他率先停止了摆动，露出惊诧的表情。我看不清他眼中是否有懊恼或羞愧。Naomi呢，她还在自顾自地沉醉着，嘴里喊说："季老师，您的'弟弟'怎么不动了，人家好想要，好想要呀。"她的乳房不止有C，至少是D，因为太大的原因已经有些下垂，可这身材仍对得起"美兽"的称号。

Ivan和侍者似乎听到了些端倪，相继赶来，相继似我一般不敢喘气、不敢移动，眼睛都不敢眨一下。最不幸的事因我而起，我开了这扇门，放出了怪物，在场者谁都不能视若无睹。这两位"当事人"岂会知道，造成我"石化"的真正原因恰是那些极不起眼的广东话，我依稀记得"唔好"曾是我的一句经典独白。

如火如荼地做爱，像牲口一样不顾交媾对象地做爱，像从来没做过爱一般地做爱，这是生理需要，并不触犯法律条例，只是不道德。哼，不道德这句话，我没资格说。

好巧不巧，108号房门忽然打开，裹着浴袍的乔悦准备送秦总出门，乔、秦二人一出门就碰到站在隔壁门前的我们。Ivan快速关上106的门，命令侍者送秦总去停车场，自己叨念了句"打扰，我们走错房间"。接着，他牵起我的手直奔楼上。

在我身后，我听到乔悦用广东话小声呼唤我，某一秒，我衷心希望我听不懂广东话。我比被束缚的普罗米修斯还惨，没有心肝再供猎鹰啄食。

Ivan在这乱世将我救下，他说得对，我比我想象的要脆弱。

神志迷糊之时，我感到气力被全然抽空，徒留苟延残喘的皮囊。

"放开我！"我挣扎着大叫，几个侍者跑过来警告我安静。

他们异口同声地说："尊贵的客人，请您闭嘴。"

我听得出来，他们并未闻到空气中强烈的睾丸素味。

第二一章：A面B面

我曾经和清扬聊过《郭德堡变奏曲》的由来，他说这与俄国伯爵盖沙令有关，创作初衷是为了治疗伯爵的失眠，世间流传的说辞多是如此，然而众人默认的历史不一定就是真实的。1802年，传记作家福克尔推翻了《变奏曲》是为了助眠的说法。2000年，巴赫的学者彼得·威廉斯推翻了福克尔的论述，他称福克尔笔下的巴赫皆为杜撰之作，是谎言夹着谎言的破烂。

面对历史，我们这群见证者通常只拥有一小段的寿命，不足以辨伪存真。历史在推翻前人臆断的过程中加加减减、期期艾艾地重塑。我的小说，我相信它也有其所谓的历史性，在我手掌无法丈量的范围，我看不见它，但它的发展证明了这种特性的存在。

一个人在家，我接连发梦，做一些和小说有关的怪梦。在越弹越快的《郭德堡变奏曲》伴奏下，Cindy Sherman 一人分饰N角的画面被剪辑在一起，如夏日傍晚守候在路灯下旋转着的流萤般，在我面前闪过，她是家庭妇女、职业女性、女明星、妓女、处女，还可以是男人。

随着小说和生活的不同步行进，我开始对现实与梦境之间的差别日益模糊。或者说，我干脆选择置身于现实之外的梦境，不开手机、不愿面对任何人，无论他们会带来亲昵的问候抑或尖锐的诘问。倘若不是吴玳打奶奶家电话把我骂了一通，我可能一醉到今朝。

"陈清扬出事了！"

"姐，你怎么不开手机？全世界都在找你，找你的电话都打到香港来了！"

"陈清扬在广州表演结束后，跑到一个朋友家抽大麻，结果被巡楼的片警抓了！"

"现在没人知道他关在哪里，你想想办法。"

"这可是姐夫第二次进去，姐，亲姐，您得赶紧想辙！"

吴玳的话在我脑中挥之不去，想辙，对，想辙，思前想后，陈清扬之所以落到今天这步田地，全是我害的。一定是因为我不接电话，他以为我又找季周了，他才会再碰那东西，都怪我，他去到外地，我竟然没打一通电话，他怎么可能不起疑心。

"陈清扬在哪儿？"

吴玳说他也不清楚，他的消息是从张昊那里得来的。

"怎么办？辙？点算？怎么办？辙？点算？怎么办？辙？点算？"我反复念着这句，像是中了魔一样，咬着指甲念叨着。

"没时间想了！你找陈清扬他爹，警方肯定第一时间通知他了！"

陈黔古接到我的电话，异常平静，他似乎早就料到我会向他"求救"，他似乎知道我在话筒另一边颤抖。他的平静绵里藏刀，说："吴小姐，我觉得我们有必要见上一面。"

陈黔古选了离我们两家距离折中的香格里拉饭店咖啡厅。我穿了一条厚布长裙，迎着寒风走过几条马路，穿过紫竹院附近北京最混乱的一个十字路口，来到香格里拉门口。我透过厚厚的黄玻璃窗，看见陈黔古和一个女子并排坐着，他们桌前的咖啡杯冒着热气。我与他们对视了，我点点头，坐下。

陈黔古先向我介绍："这是蔡屾，清扬的青梅竹马，我准备安排他们明年结婚。"他丝毫未提陈清扬的现状，让我有些按捺不住。

我变成做了亏心事的小女孩，掌心攥得紧紧的，低语："清扬现在人在何处？没事了吗？"

虽然我没敢注视陈黔古，却能感受到他那不太友善的目光。他的语气依旧冰冷，"这不是你应该关心的事。你们也别再见面了！我看你还是先管好你自己。"

"我就想知道他现在好不好？"

蔡屾向我递过茶水单，轻声问："想喝点什么？"

"不必了。"我看都没看，将茶水单推回。

蔡屾说："瑾榆，我们董总很重视你。可是，我觉得你可能不清楚，生活是生活，它不是艺术，由不得你任性胡来。没错，陈清扬是喜欢你，为你付出了很多，甚至多到你想不到。我们董总之所以愿意帮你出小说，很大程度上是被陈清扬感动了。他来求我，求我把你推荐给董总。你把他害得好惨，我和爸爸都恳请你，请你就此放手。"

我随着这耳熟的语调抬起头，绵绵的声音，我似乎在什么地方见过她。我听不清楚她口中说的什么关于小说的事情，陈清扬到底瞒着我和 Ivan 说了什么？她的脸上挂着自信迷人的微笑，这个笑让我想起，她就是那天接 Ivan 回家的漂亮助理。

没等我回应，陈爸爸已有些按捺不住，他说："跟你在一起，陈清扬就接二连三地出事！你开个价吧，只要是合理的要求，尽量满足你。可条件有一个，你必须马上离开他！"

"他在哪里？他过得好吗？"我还在坚持。

"吴瑾榆，我如果想到你会助长这个逆子的气焰，任由他堕落，我是绝不会同意他和你结婚！你们休想！哪一次出事，最后不得是我兜着？"

蔡岫接着说："你不了解陈清扬，他隐瞒了许多事，这个行为已经说明你们不够亲密。他对你不够信任，不然你也不会不知道我和他仍有来往。他肯定没跟你说过，我和他的分开是因为他不小心犯了错，而我这么多年从未责怪过他，照旧爱他。他和你在一起不过是为了逃避他的良心，他太善良了，所以放不下。"

陈黔古忽然打断蔡岫说："用不着跟她讲这些！"

"即便你们不告诉我他在哪里，我也能找到他。"我拿起包，转身走向大堂门口，走到一半，忽然折回来，"告诉你们，我不会放弃清扬，所以你们最好把他藏好了，别被我找到。"

出了酒店，我把毛围巾系紧，仰起头，咽下险些掉出来的泪。然后，我深吸一口冷空气，冰凉的感觉一时间麻痹了因紧张引起的手部痉挛。我刚准备拦迎面而来的一辆出租车，却被追出来的蔡岫喊住。

她告诉我，陈清扬已经从拘留所出来了，眼下正在广州白云戒毒医院，是陈黔古托了几层关系才争取到"先治疗后定刑”的处理，如果戒毒成功的话，就能取保候审。

“我现在就去广州找他。”

蔡岫拉住我的胳膊，说：“在他病好以前，任何人都不能探望。”

“你们认为这是病？在我看来，如果有病，那也是你们。”

“我是他家人，不能看他执迷不悟。他和你在一起，毒瘾永远治不好。”

“难道我不是他家人？你根本不懂他需要什么。”

“但我肯定，他不需要你。你不能去探望，尤其是你。”

好一个“尤其”，我心想。在蔡岫细细长长的眼睛中，我看到一种难以言明的坚定。对于她和他的过往，我没空去听，可以肯定的是，她依旧爱着陈清扬，这种感觉让我相信她不会提供假消息。我们对峙许久，最后她递给我一张卡片，上面写着“广州白云心理医院”，“你不用担心他，这间治疗中心很好，许多明星出事之后都在此地疗养。”

“谢谢你，蔡岫。不过你错了，你小瞧了我们的爱情，它不是任何人随便劝劝，就可以了断的。”

回家后，我简单收拾了行李，装上几套换洗内衣，又在临走前特意带上清扬留下的黑胶CD。当天下午，北京下起了2017年的第一场雪，我在雪中登机，三小时后抵达广州，在雨中落机。

我在机场见到了来接机的川子，他帮我拿过行李，没等我问起先开口说：“其他人现在都被派出所叫去做调查，我没事是因为演出结束的那晚我家里有事提前回北京了。对不起，我没看好清扬。”

我抽了他一巴掌，"他人在哪儿？"

"我不知道。"

我再抽。

"我真他妈不清楚，我们散了之后他才被抓的！"

我再抽，"说实话，陈清扬在哪儿？"

川子揉着脸，将嘴里的口香糖吐在地上，"白云戒毒所。"

"走，开车。"

"吴！瑾！榆！我们去不了！"

"别他妈废话，开是不开！？"

"操，你别动！"川子见我想抢车，极不情愿地将钥匙插入点火锁。

这租来的索纳塔便在我的威逼下，从辅路行驶上主路，跟着不熟路的我们左拐右绕。川子一路听着GPS导航，一路向朋友打听能否和戒毒所取得联系，可否破例见清扬一面。但我分明听到，几个电话都没打通。

跟着导航，从都市到市镇再到农村，我们沿着白云大道一路向北，在临近龙归镇的地方我们见到了指示牌——"白云康复疗养医院"。医院坐落在一个村镇的入口，四周密布着一眼望不到边界的铁丝网，这里的铁丝到了夜晚会闪蓝光，通了电，防止"病人"逃脱。

"应该就是这里了，现在这年头，不就是抽个大麻，什么小事都能被说成顽疾。"

索纳塔一拐，一堵极高的铁墙出现在我们面前，它的姿态是如此的冷酷。川子将车停在马路对面的树下。解开安全带，拔出钥匙，对我说："你在车里等我，我过对面问问。"

"一起去。"

"你先别动，能进去的话，我再招呼你。"

我看着从树枝上不时洒下来的水滴，才发现雨已经停了。两个拿着长枪的警卫正和川子交涉，川子先是说了些什么，接着挠挠头，向警官作揖。警卫不为所动，他开始生气，指着警卫吵嚷了几句，警卫让他赶紧滚，他准备挥起拳头。这时，我上前拦住川子，说："不好意思，二位警官。"

警卫用一种轻蔑的口吻回答说："你们再来几次都没用，你以为这是你们家还是疗养所？想来就来，想走就走？没有上头的批示，一律不准探视！"

"操你妈！你别跟老子来这套……"没等川子说完，我拽着川子就往停车的方向走。

我边走边喊："没用的，我们没有通天法术可以劫狱救出清扬，更没有任何能和'上头'联系的途径。我们不过是最普通的平头百姓，即便自命清高地做着艺术，到头来在不懂艺术的人眼中全是错！他被搁在一群陌生人中间，恐怕连个能说上话的人都没有……"

回到车上，川子突然用力捶了三下方向盘，他喊道："我真他妈没用！"

我干坐在一旁，没什么立场再责备川子。一想到清扬在里面承受的痛苦，我心如刀绞。等到川子抽完三包"红双喜"，我在弥漫满车的烟云中疯狂地寻觅一个东西，川子疑惑地看着我，问："你找什么？"

等我从包的内层拿出清扬刻录的黑胶CD，我脑袋上皱着的吴道子"莼菜描"式的抬头纹一展欢颜。

川子摇着头，点上一根烟说："哼，你疯了。"

我抢过他的烟，"给我这根，你再点一支。"

起初，我没敢放A面的《她》，因为清扬不止一次告诉我，不要在雨天听d小调的曲子，以免在自怨自艾中沉沦。于是我插入B面，料想不到的是，播放器倏然飘出陈清扬的声音：

　　"小榆，你还记得一年多前的冬天，我在后海冰上向你告白时，问过你的四个问题吗？我们能认识什么？应当做什么？可以期望什么？还有，人到底是什么？我和你在一起的日子无比快乐，快乐到我险些忘记了自己实际一直处在无与有中间。对于无穷而言，我是虚无，对于虚无来说，我就是全体。可我到底是什么？我感觉到，只有音乐、爱情都趋近于某种极限，我才能弄清楚我的存在，才能量化你对我的重要，才能给你最完美的爱，虽然这话听起来很矫情。可惜，我的天分有限，极远或极近的物体我都会选择性地无视，过冷和过热的东西我都害怕感受，我不知道究竟是它们在回避我们，还是我在逃避它们。我曾经对不起我的前女友，做过一些蠢事，我不想被任何人原谅。对不起，我对你隐瞒了这件事，我一直想说，可一直找不到合适的机会。某一天，如果我不辞而别，那你会听到这段录音，然后，忘了那年冬天和你躺在冰床上看星星的男孩吧。我知道，没有我，你可以撑下去，小榆，我一直都知道你可以。"

　　记忆中，许多片段飘来飘去，像冬天不经意落下的小雪一样捉摸不定。陈清扬与Manic在结冰的后海湖上为我举办了一次只属于我的小型音乐会。唱到最后一首歌，张昊和乐天悄悄离席，只剩下弹琴的清扬。他裹着一条红色的毛线围巾，那是我送给他的礼物。他翘起嘴角，以一种极其温暖的眼神看着我，唱了最后一首歌，这是没有伴奏的《我愿意为你》。

下一秒，我躺在冰上，枕着陈清扬的胳膊。我侧着脸看着他冻红了的面颊，说："傻瓜，这么冷，为什么只围着这条围巾？"

　　他吻了我，然后慢慢睁开柔长的眼眸："你辛辛苦苦织了一个月的围巾，不戴多可惜？"

　　"你冷吗？"

　　"不冷。"说着他把红围巾绕过自己的脖子，缠到我身上。

　　天空飞过许多鸟，它们从不像大雁结对而行，就算飞在一起，也总是乱糟糟，形单影只的。我说那是乌鸦，陈清扬执意唤它们作喜鹊。

　　无论是喜鹊还是乌鸦，它们都是黑色的夜鸟，退一万步说，即使它们非黑非鸟，那又何妨？

　　天空不嫌弃它，就好。

第二二章：只有相信　才能快乐

　　我住进距离白云戒毒所最近的一条街上的快捷酒店，每天都去戒毒所门口碰运气。起初川子还和我一起去，后来川子回北京了，只剩我一个人。川子走之前建议我看一看心理医生，他说，我得的是躁郁症。我谢绝，此时哪有什么闲情逸致管自己的死活。我抱着太多疑问等待，只想一次问清楚陈清扬，疑问构成了我的执念。

　　每天的蹲守，让我见过了几乎所有的警卫，包括节假日换岗的临时工。我在街角的小餐馆买了两碗担担面，用塑料袋包好送给警卫。其中有一个东北的小警卫接过外卖，大口吃起来。

　　我又问他："里面情况怎样？"

　　"能好到哪儿去？不整出人命就成。"

　　"这什么意思？"

　　"白云是广州最早的看守所，我来之前里面有几个狱霸，老爱干仗伤人。"

　　"你能帮我打听一个人吗？"我忙着往警卫手里塞钱，说，"这些钱都给你！"

他拿了钱，看都不看我，敷衍地嚼着面，"行啦，走走走，有消息的话通知你。"

为了换得消息，我把希望寄托在这警卫的身上，直到我身无分文之时，我仍未换得我想要的那份安心。我想，我明天应该要露宿街头了，但我还要等，再等等，清扬就会从这门口走出来。至少，我要确保他在里面好好的，平安的。

没到"明天"，Ivan来了，他开着京牌的黑路虎停在我住的快捷酒店门口。

见到我，他上前给了我一个拥抱，"先上车，有什么事我们回北京想办法。"

我不同意。

他没办法让我妥协，最后只好托他的朋友让我进去看一眼清扬。监狱的人怎样都不肯给我探视的机会，因为我不是他名义上的家人。

我们从监狱的侧面进去，跟着狱长绕着这碉堡一样的建筑走了一周。一楼开始陆续进来一些穿灰色背心的人，他们一个接一个走进大厅，对号入座，然后拿起木板凳上的报纸。

站在我身旁的狱长说："这是每天必做的功课，读报，读《人民日报》头版。"

我站在二楼玻璃墙后面，扫描着这些犯人与他们身上的特征，这里的人高矮不一，但都很瘦，而且年龄不大，有的看起来只有中学生的模样。这让陈清扬的出场显得一点都不隆重，他光着膀子、穿着短裤，如同这个群体中最普通的人一般走进我的视线，他拿过监舍门口的小背心，小心翼翼地披到自己身上。

一个狱警和他打了照面，他马上低头鞠躬，嘴里叨念着什么。

我问狱长："他在念什么？"

"他的狱号，在这里他可不是谁家少爷，名字就是一串字母。"

看到这里我已经有些忍不住了，我怎能相信混不吝的陈清扬会变成这样，我明明看见他却迟迟不敢认。我问："他是陈清扬？"

狱长翻了翻人事录，指中了我定睛注视的他，意味深长地说："喏，就是他。现在国家重视戒毒康复，这些罪犯赶上好时候了，狱里条件不错，吃的也好，普遍都吃胖了。外面好多人都想来我们这儿疗养呢，所以说，你们不用担心。"

我看到，陈清扬和他的狱友按照规定好的路线，笔直地走了一圈又一圈，直到狱警让他们坐下，他们才能在中间空旷地带的边线范围内坐下，不能偏移毫厘。

狱长开始点名，点到陈清扬的时候，他上前领了一个水杯和两个套袖。

Ivan问狱长："为什么都要戴套袖？"

狱长答："这是他们操练的一部分，他们每天要剥青蚕豆，还要做针线活，训练定力。他们每天都过得挺充实，比以前正能量多了。"

"我们这个朋友是位音乐家，靠手指吃饭的人，能不能别做粗活？"

狱长不屑地哼了一声，"谁不是靠手吃饭？既然这么金贵，就不该堕落到吸毒。"

这时，我已看不清玻璃后面的世界。

狱长看我们没反应，又问："这样吧，如果你们特别想见犯人，我去试着安排一下，只要上面领导不在，还是有机会……"

"不用了！"我说，"我想出去。"

我记得清扬提过一个故事，是川子告诉他的真人真事。川子有一个"毒友"在大理开了间酒吧，一到阴天，架空的舞台下总泛起阵阵臭味。最后，他们发现了一只死猫。这猫吃了被药死的老鼠，发了狂，特别喜欢往舞台下钻，钻进去就不肯出来，宁可烂在里面也不出来。"毒友"捞它出来的那天，它已经死了很多天。

回北京的路上，每隔五分钟，Ivan就会透过车内的后视镜看我一眼，我直愣愣地蜷缩在后座。他的眼神很谨慎，不想让我发现。后来，他突然关掉了收音机中播着《An American in Paris》，音箱中传来Gershwin颤抖着停下的尾音，像极了一架飞机，它飞越整个北大西洋，到头来，迫降在一个无名小岛。

再醒过来，我以同样的姿势蜷缩在自家的绿沙发上，穿着不知道哪儿来的一件睡衣。我扭头一看，乔悦正在厨房做饭。我披着毛毯站了起来，踱步到厨房门口，我听到自己和乔悦说话，我说："好香。"

乔悦停下正在翻炒芥兰的手，回看了我一眼，"哦，你饮啖水先！"

"Ivan让你来的？"

"对，他早上给我打了电话。瑾榆，你先把那边的西红柿炒蛋端到外面去。"

"点解你要同我讲普通话？"

"有乜所谓？那我入乡随俗，在北京讲北京话儿。"乔悦特意拖长儿化音。

"好，咁就讲北京话。"我把沙发前茶几上扔着的Mac-Book Air和几本东野圭吾的小说，随手拿起一本《解忧杂货铺》问："你最近在看这个？"

乔悦端出一盘清炒芥兰，答道："对啊，蛮好看的。"

"北京人不会说'蛮'，你要说'倍儿好看'。不过，自从东野圭吾得了直木奖，故事越写就越简陋。你说人都会变，越变越世故，往坏的方向发展，是吧？"

"我看是你对他期待过高，看畅销书不能太较真。"乔悦坐在沙发左侧，指着茶几右上角的一束百合，让我挪到地下。

我接过来花，端详着："是你买的？"

"嗯……Naomi买的，想让你静心凝神，别老胡思乱想。"

"我家那盆君子兰怎么不见了？"

她手指门口，"哦，花谢了，我扔在门外了。"

"你是在嫌弃它。百合的柱头正在分泌白色的黏液，试图用黏液来粘住花橙黄色的花粉，你说是不是同人好似样？"我嘴角翕动，拿起筷子夹菜，"你们的乱，我连想都不敢想。"

乔悦放下了手中的饭碗，说："你都咁大个人，边有可能时时都要人迁就你？"

"乔悦，我问你，那天晚上，姓秦的老头为什么从你房间里走出来？"

乔悦默言。

"鸡春咁密都会哺出仔！"我推她，推了几下，再说，"Naomi呢？她派你来是因为没脸见我，自己挖洞躲起来？"

"吴瑾榆，你别太刻薄。"

"你知道你现在像什么吗？一张掉在屎上的钱，扔了可惜，捡了更恶心。"

"Naomi系真心钟意季周，佢哋嘅事同你有咩关系？哼，同你讲嘢真系嘥气！"

"嘥气？"我想不到自己的眼泪先会夺眶而出，我的声音大起来，"难怪Naomi要你送百合花了。你俩就是百合，把生殖器都裸露在外，不羞耻吗？你们天天告诉我要善良，要忘掉过去，要相信你们，背地却在等着看我出丑。你们再长几个生殖器，还是那么随便，随便让男人屌！真恶心。"

乔悦眼眶微红，她哽咽了，"你一直看不起Naomi，在你眼里只有你自己。我们肯定是比不上你，也是，连东野圭吾都没你写得好！既然你这么好，为什么没人买你的书？为什么还要靠男人养？"

"你讲咩？你讲多一次。"

"你这么好，都换了几个男人了？先是季周，跟着是陈清扬，现在是那个姓董的书商！幸好你没把孩子生下来，将来孩子见到有你这样一个妈，真不知道该管谁叫爸。"

话音未落，我抽了乔悦一巴掌。

三秒后，乔悦还了我一掌。

"我以为我的心已经够狠，遇到你了，我才知道什么叫凉薄。走之前免费送你一个秘密，从你身上堕掉的小东西不是十周，其实不足四星期！这是胡医生亲口说的，不信你找他对质。"

乔悦红着半边脸站起来，飞速奔向门口。

大门猛烈震荡着，一声怒吼喷涌而出："吴瑾榆，最抵死就系你！你根本不配拥有！"

"黐孖筋！"我摔了百合花，将《解忧杂货铺》向大门砸去。

我跪在地上几个小时，一滴眼泪都流不出来，感到身边的一切都在失去：陈清扬、孩子、季周……我不敢继续数下去，因为很快手指、脚趾都不够数，我不想连数数都麻烦别人。

我本以为，自己不介意失去，为何现在连"麻木不仁"这道防线都一并失去？从什么时候开始，有人竟然觊觎起我这种人的所得。男人会变，他们本来就不属于我。可孩子呢，人们常说孩子是无辜的，我曾翻着白眼说"不信"。可如今，我回过神来，眼眸垂下来，我信了。

我蓦然打开门，走廊里没人。

第二三章：水土不服

　　春节之后，君子兰会开第一次花，到了夏末、冬初能再开两次。爷爷以它为傲，因为他把它照顾得很好，别家的"伪君子"根本无法与我家的"君子"相提并论。这盆花寄托了爷爷对我的期许——做一个正气、傲骨的人，不做拨弄是非、颠倒黑白、蝇营狗苟的小人。可是，有一件事爷爷料想不到，如今世道变了，君子和小人的脸孔皆可骤变，信任和良心反倒成为形式主义的虚伪存在，被人扔在大街上肆意践踏。

　　在旧时代的北京，一个人秉着"信"字，可以对可怕的东西视而不见。一群人都"信"的时候，无论身处何方，都能找到和乐融融的相处方式。爷爷骑着自行车带我穿过大院，便要和路上几乎所有的行人打一遍招呼，这位是赵爷爷，那个是王奶奶。甚至连爷爷最讨厌的暗恋奶奶的邻居老刘，他也会大方地与之打招呼，毕竟大家有着共同的信仰。

　　建国之前，一大批国民党的文学精英出走国外，不少人选择南来香港。留在国内的这部分学者、诗人、建筑师大部分都是单纯的人。虽然他们对新政权有过怀疑，但仍存留着

188

爱国者的梦，而这梦在经历了抗日战争和国共内战之后变成一种对平和日子的基本渴求。

我的曾祖父是北大的老教授，如果不是1950年代发生的"胡风反革命集团案"，吴家的曾祖父就不会被停职、清查、逮捕、隔离。落狱之后，曾祖父一直念叨的一件事就是儿子的出路问题。要知道，有个反革命的父亲，即便是去工厂都没人肯收，更不必说带给孩子成长上的阴影。好在我爷爷生性乐观，向来不需旁人操心，他选择入伍，离家的路上叮嘱老母亲多多保重，还有就是务必把家里的藏书都烧了。

家中到底藏了些什么书？儿时，我和吴玳在家中嬉闹，弄跌了一个书柜，书柜上的木箱中掉出来几本着录，全是关于老吴家藏书，据说历代的经学、文学、书画宝笈都有一些，其中晚清民国的居多。

有多少书？占了家中两层楼，不计字画，大概有十万册。

我问父亲吴双全，这些书呢，父亲不太在乎。后来被我问烦了，他只好随口一答："如果那时不烧，等到文化大革命来清洗，岂不是更倒霉？"

我当时不懂为什么"倒霉"，现在慢慢明白了。

你要相信，只有相信才能快乐。

这大抵是许多从旧时代转型过来的人都不愿接受，在最后都不得不接受的道理。在我爷爷参军之后，举家从四合院迁入部队大院，入院之后没人再提老爷子的成分问题了。但是爷爷万万没想到，自己修车竟能修出了一个教授的名衔，进而成为解放军后勤学院交通运输处的教授。

曾祖母尚在人世时有此感触，真是随根儿，不想当"臭老九",最后还是当了知识分子。可惜我倒霉的老爸没能守住吴家好不容易换来的根红苗正的"招牌",他为了赚钱带着我去到香港,荒废了吴家几代人的苦心留守。这是个体庸常经验的生活层面回应市场经济时代的物质欲望表达,中国人努力说服自己"不信"现在的生活,以此作为动力来谋取更多的利益。

吴家的文人底子呢?恐怕早就灰飞烟灭,到头来空留下些零星的线索,像是那盆终日不见太阳、眨眨眼竟活了三生三世的君子兰。再看如今,人人通过削平深度、消解崇高来解构曾经异常神圣的诗道传统和意识形态,于是便生成两个极端:痴人洒了一腔热血,庸人洒下一地鸡毛。

我痛苦着,不知道为谁痛苦。

我沉溺于药物和酒精,在这个痛苦的家庭,我像是一个借宿者,使我痛苦的,不是别人对我施加的恨,而是他们口中的爱。我痛苦,因为我爱乔悦,我爱陈清扬,我爱我的祖辈,我爱着所有爱我的人。我当他们是亲人,也只有他们才懂得如何刺中我的痛处,他们陈述的每个句子都能使剧情僵硬百倍,没有缓和的可能。然而,在每次互相伤害过后,我们又自然而然地相拥着哭泣,一起抱怨世道、命运和社会,半疯半癫,像一群神经病挥着刀乱捅。

逝去的那个年代,只有农民的成分才适合孕育伟大的艺术家,他们是红旗下拥有最纯正血统的殉道士。你瞧,陈清扬的爷爷本是贵州农民,陈家亦不是陈黔古口中的江浙书香门第。陈黔古曾单名一个"黔"字,那个耐人寻味的"古"字竟是事后人为。

有些人拒绝接受新时代,是因为害怕随着时间的流逝,眉间眼角释出皱纹，心间也会生出霾，他们害怕的不是单纯的生物衰老。

为救君子兰，我想到映像 Café 的老板阿柯。他另有"花农"的美名，因为在他那红瓦白墙的文艺范咖啡厅中，从入门处到楼上楼下布满了郁葱的绿色植物。

"你是如何照顾这些植物的？要记得每棵草、每朵花的生长周期，你不烦吗？"

"嗨，习惯就好了。"他拿着一个黄色小鸟形状的浇花水壶，轻点了一下一盘仙人掌的头。

我拨弄着手中的那些明显变薄、发黄的叶子，"我觉得我不再是盆好花了。"

君子兰以前那么漂亮，小花从绿油油的叶子中间开出来，像叠罗汉一样层层绽放开。我还记得，小时候，吴玳总喜欢摘它开出的花，这小子一动手，爷爷就追着他满屋子打。

"我看看。"阿柯用小铲子掀开土层，翻了几下，土立马就疏松开，他检查着君子兰的根部，"嗨，根没烂，放心交给我吧。"

"多少钱？我给你。"我摸摸裤兜，可惜只有一些硬币，"今天穿错衣服了，出门没带钱，下次给你。"

"不需要，我只用给它换一个腐叶土，那土透气性、排水性都比较好，很简单。你之前肯定是把它放在室外，冻着了。这花跟人一样，立秋以后一定得进屋。小姐，咱这儿是北京，不是南方偏南。"

我抿着嘴，这是我十几天里听到的唯一一桩好事了，真是谢天谢地，于是我稍微扬了一下嘴角，说："谢谢。"

"冬天要将磷酸二氢钾洒在盆土表面的周围，可以促进开花。但要是氮肥用得过多，尽管叶子看上去挺绿挺壮，却不能再开花。"

"听不懂。这是爷爷留下的花，我不能让它死在我手上。"

"呵，那这老家伙运气真好，碰上我算找对人了。"阿柯看我没什么反应，将君子兰摆到一边，径直走向吧台。

不愧是老板，冲咖啡的技术不比调酒差，三下五除二的工夫便端着热气腾腾的焦糖玛奇朵回到窗边。我接过咖啡，焐了焐手，眼神是空的。

"小说写到哪儿了？"

"嗯？你说什么？"

"我问你，小说写得怎么样？"

"我好像把女主角写死了。"

"什么叫'好像'？您是作者，您不确定？"

"好多事情我都控制不了……"可能是喝了点热的，心里面最凉的东西倒腾着一涌而上，喉咙有点痛。

"清扬的事我听说了，你别太担心。"

"我是不是特没用？"

"我何尝不是呢？可你起码是个作家，听上去比我这咖啡店老板活体面。你不知道，映像 Café 明天正式停业，呵，你不是这里的第一个客人，倒有可能是我这里最后一个客人。"

我惊讶地看着阿柯，他却轻松地一皱眉，然后平静地拿出一包烟。

他说："嗨，做生意我是不行，四年没赚到钱，倒贴一点儿我也没所谓。可是这次租金大涨，我贴不起了。"

"难怪今天来，没见到你的店员。"

"等会儿房东和新租客会来接洽，凳子、灯、酒、花、装饰我不带走，带什么呢？"他四周看看，说，"就带你这盆君子兰回家养吧。好在他们说还会开酒吧，所有东西都用得着，如果可以的话，我希望别改名字了，叫映像Café挺好，客人都习惯了。如果有一天见不着了，肯定心里得念叨。那个啥，有些书和唱片你不是喜欢吗？拿走吧，我不想便宜了外人。"

我知道阿柯这里一向存着些好书，像是罗曼·罗兰的《歌德与贝多芬》、阿兰诺夫斯基的《俄罗斯作曲家与二十世纪》、克里斯托·吉布斯的《舒伯特传》或是柴可夫斯基与梅克夫人合写的《我的音乐生活》等等，这些书大多是十几、二十年前的老书，都是阿柯读书时攒下的。

我翻着老柯书架上的存书，找到了陈清扬第一次带我来映像Café的时候，随手拿起那本1998年花城出版社印刷的《见证》。全书洋洋洒洒数十万字，由音乐学家伏尔科夫记录下的肖斯塔科维奇的口述，记录在最残忍的时代最有才华的艺术家们所经历的最残酷的故事。

"据音乐学院的教授说，伏尔科夫记录下来的原稿费尽千辛万苦才带到西方的，在英美出版了，才来到中国。还好我们的领导人没发现他音乐中有关政治争议的成分，不然早就禁了，因此你要格外珍惜它。"阿柯见我拿着这本书，拍了拍我的肩膀。

"你真舍得把它给我？"

"为书找到喜欢它的人，书能实现被阅读，文字能被流传下去，还有更好的事儿吗？"

"它是1998年出版的？"

"对，那时你才十岁吧。"

"还在看《还珠格格》。"

"1998年还有《泰坦尼克号》，都是荼毒少男少女心灵的神级巨作。我记得我当时十五岁，搂着我的初恋女友在首都电影院里看的，当时电影院就是一个戏院棚子，一个大黑布拉成的荧幕下摆几排小马扎，全都没有靠背。"

"你的初恋是那个小龙虾女友？"

"咦！谁跟你说的？"阿柯笑着皱眉说，"爱可以在一秒产生，情却要一生完成，我们和许多恋人一样，看完电影没多久就黄了。"

这时，门口停下一辆车，有人打了双蹦，阿柯掐掉了烟，表情严肃起来说："操，该来的还是来了。"

我随着阿柯的背影望出去，两个男人，一个外国大胡子、一个戴眼镜的中国男人（担任大胡子的中文翻译）走了进来。那大胡子的模样看着眼熟，一时说不准像谁。我的外国朋友罗诺德告诉我，他看中国女人都一个样，我们看外国人有时也是这样。"眼盲症"发作，黄瓜、白菜都一个样。

这两个人用稍带不屑的目光打量着四周的环境，从洗手间到吧台里面，观察得十分仔细。阿柯的表情很僵，他双手背在身后，跟在来客的后面走。

阿柯这里向来是我和Manic谈天说地的场所，如今面临易主，这像是肖斯塔科维奇一出好好的《姆岑斯克县的麦克白夫人》不知怎的惹怒了斯大林，被官方下令禁止。肖变成"人民公敌"后，没判他入狱。相反，斯大林不断孤立他，让他挨过几十年后而不得不在精神上屈服。作为"赎罪"，肖写下一部《第五交响乐》。

此刻，我仍坐在窗边看书。闻到阔绰的新主人身上散发出的铜臭味，我想着这咖啡厅在改朝换代后并不愉快的前景。初雪过后天越来越短，北京日落大约在5点多就开始了，天色一层层沉淀，从蓝色开始逐渐变化，我看着它有了些紫红色，然后变成浅绛色。

太阳再往西落去，余阳的黄色再加上一笔绛色，这混合着四种颜色的天际似乎和肖斯塔科维奇的充满柔情和愤懑的音乐有些互文——肖在《见证》中说："当我们肮脏时爱我们，别在我们干净时爱我们，干净的时候人人都爱我们。"

掐指算算，罗诺德、马琳应该是我唯一交好的外国情侣。陈清扬评价我是，为人真诚但脾气很臭，一旦朋友做了什么令我失望的我就会愤然离场，正常人哪里受得了。既然想起小罗，真就想要问候一下他，我拨通了他的电话，他话语含糊地用瑞典文问："Hej？"

"罗，你在睡觉？"

"我靠，吴瑾榆，你知道现在是半夜11点吗？"

"瑞典11点？正好你从不早睡的。"

"马琳下月临盆，我们现在回娘家住一段时间。"

"好好的干吗要回去？不是要把'罗马'生在北京吗？"

"别提这事了，你以为我想离开北京？马琳妈妈老嫌我照顾不好她，不放心。"接着他学着丈母娘的强调，说，"你们美国人除了吃就是睡，还会干什么?!"

"你不管画廊了？"

"歇菜吧，在丈母娘家谈理想都是浮云！"

"祝你好运，Dude。"

小罗说他不能再和我说了，马琳已经睡熟，他要随时照料着，不然让丈母娘知道了又要数落他。我以前在欧洲待过，也知道瑞典是欧陆大地女性主义盛行之地，街上推婴儿车的基本都是奶爸，女人负责挣钱养家，所以罗说的我相信都是他正遭遇的事实。想想马琳的肚子差不多得有三十五周，老话有"八活九不活"一说，瑞典丈母娘的担心也不是无中生有。

　　我随便翻着手机的通话记录，乔悦、Naomi现在是不用再联系，我对这个世界的失望多半因爱过她们而起。我试着拨了陈清扬的电话，仍是无人接听，我猜这电话目前应该扣在白云戒毒所，等他出来的时候才能领回自己的家当。更近的通话记录，基本都是和Ivan打的，他这几天回美国一趟，准备陪年迈的父母过圣诞，我不敢主动给他打电话，除了因为我拖稿太久，更担心欠他的人情像滚雪球一样，越滚越多，我已债台高筑，哪里还能再借人情。最后，略过这些名字，我看到了吴玳，按下了通话键。

　　"喂，姐？我正想打给你。"

　　"画展筹备得怎样？"

　　"你没看我微信朋友圈里推送的消息啊？圆满结束！来了好多人，牛鬼蛇神，各路神仙，什么都有。我有一个好消息，一个坏消息，你想先听哪个？"

　　"画展既然完了，那你还待在香港干吗？听好消息吧，坏的你自己留着消受，我现在的生活已经是一团糟了。"

　　"好消息是：我的画都卖了，洪鑫已经付了我一笔钱，大概有二十万。以后陆续还会有新的合作项目要搞。"

　　"祝贺你。我不相信还有更坏的坏消息了。"

"不是不听吗？"吴玎沉了沉嗓子，咽了口水，说，"你听完别着急，嗯……大伯中风了，现在人在医院。不过他没有大碍，就是嘴歪了，说不清楚话。"

我被这我原以为无关紧要的消息，晴天霹雳地击中，我拿着电话的手在颤抖。

吴玎见我半晌都没回应，急忙说："早知道不告诉你了！你别担心，你爸没事，我现在就在医院陪他呢。上周，我给他调了间单间，还雇了一个护工，好吃好睡地伺候着，医生说过两天再做个检查就能回家……"

"吴玎，帮姐一个忙。"

"您说。"

"帮我订张机票，我要回香港。"

有时我觉得，人在无数的意外中寻找到活着的寻常价值，但有一秒我停下来，仔细回想过去那些被我嗤之以鼻的东西，它们本不该遭到我的轻视。

直到将近入夜，咖啡厅的新东家才走。

阿柯强颜欢笑地回到我身边，端上一块巧克力华夫饼，"让你等我了。伺候这些人真他妈麻烦。"

我接过华夫饼，问他："如何弥补？"

他疑惑地望着我。他渴求分担我痛苦的情绪被我刻意忽视，正如我忽略掉了吴双全过去对我的好。作为父亲，他难道不明白他的孩子并不想来到这个丑陋的世界？最令我难过的是，无论孩子对吴双全再怎么失望，始终改不了她是由他的精子造就出来的既成事实。

阿柯拽过我的胳膊，拉开衣服，他望着我手上的刀痕，问："我刚刚就看到了，你别说是花盆割伤的，我不信。你没事吧？"

我抽回手，说："阿柯你是个好人，可你帮不了我。"

阿柯摸摸我的头，轻声道："我怎么会喜欢上你这个问题少女？"

"问题少女"没吱声，而我也再没去过映像Café。

第二四章：这里能抽烟吗？

我不听音乐了，好久没听，假装自己没时间听。事实是，我根本无力将唱片摆到唱机上。

我幻想了无数次和清扬重逢的场面，他的头发又该长了，我穿着他的衣服，在风中朝着他的方向走来。或者，他从高墙中径直走出来，我跟在他的后面一声不吭，就这样不知道走了多久，天黑了又亮，亮了又黑，我们从城市走到乡村，走过荒野、丘陵和高地，然后他忽然在某个清晨回头看我。

再或者，我和他恣意做爱，我像水蛭一样吸附在他身体上。我的牙齿噙入他的身体，但我不吸他的血，因为他是我的挚爱。然后他会对我进行反哺，在我湿软的潮间带上找准那个裸露出来的洞，植入一只好奇心强的寄居蟹。

我收拾好行李后，将两包咖啡粉搁在一起冲，然后捏着鼻喝药般一饮而尽。失眠者总是对现实过分敏感，明知道要快快脱离现实，却又无法舍弃忧虑而安然睡去。我浅浅地睡着，也浅浅地醒着，没错过楼道里任何一个迟归人的脚步，没漏掉清晨最早起鸟儿的任何一声啼鸣。

早上7点，我在去首都机场的路上，拨通了季周的电话，他温柔地睁着眼，以一种我不熟悉的平静口气反问我，你过得好吗。还不错，我回答。

"如果你有空，不如见一面吧，我现在在去机场的路上，9点30的飞机，起飞前还有点时间。"

朝阳离机场近，季周没有拒绝。他没有西装革履，踩着一对Converse的布鞋走进机场的星巴克，穿了一件皱巴巴的白布衫，衣角夹在卡其色的牛仔裤里。等他坐到我的正对面，我看清了他下巴上的一圈胡子，今天的他根本不像能将万事处理妥帖的他，季周不会也不该自暴短处来予人话柄。

"想喝点什么？"我问他。语气尽量缓慢些，担心他主动提起在芷兰轩发生的事。

他跳开话题，问我拿着行李箱准备逃去何方。

"回香港，我爸病了。"

"你爸？"季周拖起腮帮在思考些什么，然后问了一句，"你还会再来北京吧？"

"我在Ivan那里看到了我自己。你为什么卖《隐君者女》？"

"世上没那么多'为什么'。我老婆和张涛好了，我们正在办手续，她从没跟我解释过她为什么爱上张涛。"

"我以为你会和Naomi在一起。"

"她拿到了我作品的代理权。"

"看来只有我对你没企图。"

"我有时会想，如果我当初来香港哄你，我们没散，现在也许会皆大欢喜。"

"你打算怎么做？"

"孩子是无辜的。我想尽快卖画，多给她留点钱。"

"为什么不把房子给她们？"

"舍不得我的沙发？"季周自嘲地笑了，"上面印着你的体香。"

我猜，季周是离不开他的画室，那是属于他的私密空间。将一个画家从他熟悉的安全的地带拽出来，就像是顽皮的坏孩子用小刀刮开蚕茧，棕黄色的肉虫尚未吐丝完成，它惊诧地看着你，然后被外面世界过分耀眼的光芒疾速风化成灰烬。

"原谅我，艺术家都是自私的。"季周的语气异常诚恳，然后问，"这里能抽烟吗？"

他不是不知道机场禁烟，但人正如此，明知不可为却硬要尝试。季周手中的车钥匙不停在桌子上转。钥匙忽然停下，他抬起头来看着我，问我是不是对他很失望。他的眼睛里贮满秘密。

我摇摇头说："没有，我只是对自己失望。"

"可能吧，人都是自私的，都管不住自己。"他说完这句，一念纯真的眼神转瞬不见。

他重新戴上面具，为其纵欲找到合理的理由，他是男人，男人是下体动物，理应放纵情欲。既然一个气球注定要被捅漏，它还不如自己松手，一口气释放掉所有过去。烂气球，释放的不过是烂气球的欲望。

2012年12月17日，在我刚刚步入二十三周岁的第二天，报社安排我去采访季周。那时他是中国最炙手可热的当代艺术家，我在洪鑫画廊的会客室等了一个多小时，画廊的公关经理每十分钟向我汇报一次，笑嘻嘻地重复着："季老师正在外面和朋友吃饭，很快就到。"

无妨，反正我除了采访也没什么事。于是，我四下看看季周的作品。他将油料一层层胡乱堆砌在画布上，但显得章法自然，一点不招人讨厌。他用灰黑色的油料刮出了生活中最平常的片段，还有一些废旧玻璃、铁窗、铝丝凝在一起的装置，它们晦涩而不沉闷，这让我想起了德国人基弗，画坛上少有的不要嘴皮子、不卖弄才华的"废墟诗人"，他和季周很像。

季周，季，周，这个名字徘徊在我嗓子里，他的作品鲜活灵动，怎么看也不像中年人所为。

"你觉得怎样？"一个硬朗的肩膀带着潮湿的烟草味靠近我。随后，季周带我逛了一遍展览。我问他为什么不解释一下自己的作品，他回了一句，你觉得好就好，不好就是不好，艺术家没必要插嘴。

等我递出名片时，他读着我的名字说："瑾榆，禁欲，文雅里带着一股骚劲，是个好名字。"

大概一周后，我收到一通电话，季周自报家门说，他今天下午抵达香港，希望我能赏脸吃饭，答谢我的报道。他每次都是来去匆匆，过客一般，想要了解这城市却不得机会。我便带他去了九龙寨城公园，在"义学大楼"门前，我说这里曾经有一座很古老的建筑"龙津义学"，大概在道光年间开办的一所贡院，大门一边的门联上用楷书写着"其犹龙乎，卜他年鲤化蛟腾，尽洗蛮烟瘴雨"，另一边是"是知津也，愿从此源寻流溯，平分苏海韩潮"。

"过去，这里还有座龙津石桥，不过在日占时期因为修建启德机场就拆掉了，如今连启德机场也没了。"我说。

离开九龙寨城，我带季周去吃了鱼蛋。他说这鱼蛋让他想起来童年，于是给我讲了他的儿时经历。

他生在四川宜宾江安县，那是蜀黔交界之处的一个小镇，家门口有座红桥。小时候，家里太穷，他就到江边去捡废弃的铁线、铁丝，因为怕上面带电，他总要拿木棍先拨弄一下铁线，确认安全才用手收起来，积攒几十根了就拿去镇上跟人换粮票。中国有句老话叫"三岁看大，七岁看老"，季周自幼就知道凡事要行之有效、处之稳妥，危险的事情，从不尝试。

那天晚上，我跟着他回到酒店，两个人都很疲惫，我躺在床上听他讲后来发生的事情。他说，直到有一天，镇上的城管没收了他的铁线，还要罚他钱。他心想，不能被抓住，他没有钱，就打了城管跑人。他围着红桥一直跑，跑到渡口，上了一艘木船，瑟缩地躲藏在船篷下面。他的口吻极其客观、镇静，完全像在讲别人的故事，"钱可以不要，但我不能被抓，不能连累爹娘。"

他扭过头看着我，慢慢靠近，在氤氲的灯光下，吻了我。他的唇轻轻一碰，离开，再稍微重一点碰上来。开始我还有些抵抗，我的眼睑微微睁开，舌头在他正搅动着的舌头下不知如何是好，我感到他的舌尖将要触及我的喉咙，然后刺破我的生命。他的一只手正在解我的裙子，另一只手则熟练地扒开我的胸罩，揉搓着我粉红的花苞一般的乳晕。

"不要。"我的喉咙隐隐颤抖着吐出这句话。

可他却装作没听到，早已褪去我的裙子。他把我整个人翻了过来，一边压着我的头，一边端详着我的屁股，缓缓将手伸进我的内裤。不经意间，我的脸已是通红，转过头来看着他，他正撩起内裤窥探着我最隐秘的世界。我猛然发现，手指原来是可以量化的，每节手指的厚度、长短是如此不同，这一点，我通过他才领略到。

尼亚加拉大瀑布下面应是别有洞天，有对爱人在那里相拥而泣，唱着通俗的普世情歌。情歌是这样唱着："我们，紧紧地，慢慢地，深深地，坠入爱河。"

他舔着自己的手指，说我有种诱人的味道，他一见我就强烈感觉到。他顺手褪去了我的"底线"，一具雪白明亮的胴体被放在了聚光灯下。

"真美。"

他像吃雪糕一样，一点点耐心舔着，从屁股的沟壑开始，穿过腰脊的山区，直到背部的平原，他的舌头在平原上打了一个中国结。他的舌头像是水墨画家的小狼毫，蘸了一点水，慢慢在久旱干涸的砚块上涂抹，直到将笔头全部染黑。

我绯红着脸盯着枕头，不敢看他，不敢出声，我的灵魂栖息在枕头的花纹上，安稳地躲在文化东方那只金色的绣线小扇子上。

下面，有什么东西越来越重、越来越热，焦灼的温度蹭着我的臀部，他像吃蟹黄一般忽然用力一吮，我忍不住失声嗷叫。在几秒摧枯拉朽的疼痛后，我感到铁丝被折成两段，接着我知道，他进入了我。我的下面胀得难受，这庞然大物忽然停下了动作，它的主人趴在我耳边轻轻问："你不会是？"

晕眩和疼痛缠绕着我，我无助地点点头，羞涩难当地掩在枕头里。

这男人对猎物是温存的。他换了一个姿势，我的身子在他下面倏地一抖，他随即把我的脸摆正，紧紧、深深地吻了下去。而后，他活跃起来，深入浅出地摆动几下，配以疯狂的抽送。

在极速的摇摆中，我看不清他的脸，只见到自己的两条腿仿若塑胶剪刀一样被人掰开，叉到最大的程度，将近九十度。我不再抱着他的背，而是将自己的手掌摊平，我的手几乎可以够到自己的膝盖，只还差一个指甲盖的距离。

在这九十度的分叉中，我的无耻慢慢开花。无耻的时光，五年里，我不愿和他分手，是因为他通过拥有我的身体而采撷我的过去，我以为与我同病相怜的他从此不再寂寞，他会疼惜我。后来，我感觉到他对精神的厌倦，他脱裤子和作画一样，要快。只有射精才不徐不疾，他要慢慢地吃掉我的肉身。只有我在缅怀我的第一次，非关他人。

直到我感到小腹的一阵抽搐，难道我要射精了？这不可能，那一刻我清楚地意识到性别有如此清晰的属性，我是女人。

我颤抖着声音对季周说："我感觉自己快被玩坏了！"

他说他忍不住了。而我，又是我，先忍不住大喊——"唔要！"

男人咧嘴亲了一下我的鼻子，"第一次竟然这么骚？"

他重回自己的节奏，我转过头，没让他看到我的泪水。

为什么哭？这疑问在我渐入佳境、感到要和他一起去到那极乐世界之时，土崩瓦解。那一刻，我站在瀑布下面，被飞流直下的水流洗刷掉罪恶。

直到呻吟渐渐平息，他喘了口气，在我的肚皮上吐出他所有的记忆，情愿不情愿的、自由不自由的，所有的一切倾泻而出。我望着自己干瘪的肚皮，上面流淌着一片汪洋似的银海，海的中央镶嵌有几颗红色水晶。男人的大手细细摆弄着水晶，意味深长道："以后，我会好好疼你。"

禁欲，瑾榆，我以戏弄之名，扮演两个不同的身份。我究竟是被诱拐、教唆、欺骗的修女，还是骨子里浪荡无度的欲女？享乐主义在无可名状的态势下，正磨砺着我正常的情感。

我抚摸了一下季周握着车钥匙的手，说："我从不怪你，相反，在你我一起的五年中，我爱你，现在我不爱了，也不在乎你是否爱过我。"他接下去的话被我及时叫停，不要过分苛责自己，但我们确实再也回不去从前。

当飞机迎着朝阳，顺着云层不断攀爬的时候，我从机窗俯视看外面的风景，雾蒙蒙的天空下罩着一片黄土地。地产商买下这片土地，将它打造成林立着的一个个五星级酒店、住宅、商厦。在大楼背后有一个宋庄，那里汇聚了全中国最多的艺术家，他们不舍昼夜地绘制着没人会欣赏的连屏巨作。他们家中堆满了卖不出去的大作——红的、绿的、灰黄的、墨色的、哑光的、漆皮的，唯独有张画用一条单线勾勒出少女的背，女孩转过头来诙谐一笑，她说："先生哇，不售不租。"

她是指这栋楼，还是她自己？管它呢，不过这小妞可真漂亮。

我和季周相向而去。我拿出手中的机票，瞅一眼这是哪家航空公司。

等我拖着一个只有两件毛衣、两条裤子、四天的换洗内衣和三本书的拉杆箱出现在伊利沙伯医院的病房时，吴玳正在用湿毛巾给吴双全擦脸。

吴双全坐在轮椅上，面冲窗外的树林，香港的冬天并没有落叶纷纷、枯树满园，若不是室内湿冷的气息一阵阵逼来，人不会太察觉到季节的变化。吴玳见我杵在门口，马上跑过来帮我拿行李，然后嘘寒问暖地问这问那。这孩子小我两岁，在我眼里总是孩子，可没想到，在关键的时刻成了我的依靠，眼下每每如此。

吴双全想要回头看我，但始终没转过头来，他一早就知道我会回来，不然他也不会在能看得到大门的窗前等了几个小时。

我走到他跟前，他下意识地侧了侧脸，我看到他的嘴歪了，不断流涎。吴玳用毛巾帮他每几分钟擦一下口水。他的一只手想要抓住我的胳膊，当我们肌肤相触的那一刻，我感觉到这男人真是老了许多，我只走了几个月，他似乎过了几十个春秋。我希望自己能照着电视上演的那样，贴心地说一句"爸，我回来了"，可我始终讲不出口。

我无法直面此般憔悴的吴双全，没了处处占尽便宜的表现、少了鸡毛蒜皮的表现，沉默的父亲让我觉得有距离感。然而，归根结底，我不该说这话，因为我们从未亲近过。我坐在隔壁病床上看吴玳帮吴双全清理排泄物。吴玳戴着手套，做得虽然不熟练却很认真，我帮不上什么忙。

等到夕阳垂下，吴双全眼睛眯上，似在打盹。我拉了吴玳去医院后面转转。

后院有个小池塘，水边建了一个亭子。我们见到没人，找了个地方坐下来。吴玳告诉我，吴双全是被公司领导气病的，一个小主管改了会计的账本，为了洗脱干系就嫁祸给吴双全，正巧领导知道吴双全喜欢占小便宜，就在未经查证的情况下先把吴双全开除了。

"咱家人都这样，钱可以丢，面子不能丢，这不就一下子歪了嘴。"

"谢谢你，吴玳。"

"姐，你说什么呢，他是我亲大伯。再说，奶奶去世前，我跟着我爸学了一些照顾病人的手法，这不终于有机会施展出来。"

"我没钱，欠你的人情记下了，以后加倍还。"

"嗨，咱俩谁跟谁。我下周一回北京，香港签证续了一次，眼瞧着又要到期，这回续不了了，没办法。"

"你教我怎么做，我来做。"

"后天办好出院手续，你带大伯回家就成。大伯他能自己上厕所，只有洗漱、吃饭这类小事需要人帮一下，他暂时还握不稳东西。"

"好。"我看着水塘里的锦鲤，它们成群结伴正游得尽兴。

"那啥，姐夫有消息了吗？"

"吴玳，问你一个问题，你觉得我是做女友差还是做女儿差？"

"这能比吗？回答这个问题，你最好找个干爹包养你，既做女儿又做女友，让他来评价用后体验。"

我终于笑了，"真羡慕你，都什么时候了，你还能开玩笑。"

"什么时候，玩笑都得照开！从我学画开始都快十五年，别人都说你没希望了，画的什么破玩意啊，我不是还死皮赖脸地活着，守得云开见了月明。你忘了以前都是你教我——'世上没有跨不过的坎儿'。"

"为了照顾你大伯，你现在背弃了画廊和男友？"

"哪儿有你说的那么严重？画廊有洪鑫呢，这个老同志可真厉害，死马都能被他说活了。男友嘛，他回韩国跟爸妈过圣诞去了，12月31日才回北京，约好了陪我跨年。"

寂寞的人最怕过节。

人声鼎沸的时候，寂寞的人恨不得在沙滩上挖个洞，将自己活埋。如果这个世界都寂寞，那么沙滩上就会出现许多大大小小的洞，被细沙扼住脖梗的人争先恐后地跃入洞中。在四季如春的温暖洞穴，不必考虑岁月时空的斗转星移。

第二五章："一蚊"炸酱面

出院的时候，吴双全不流口水了，只剩下手脚还哆嗦不停，但这已是万幸，按医生的话说就是"佢好彩啫。"

吴玳推着轮椅一直走到加士居道路口才拦下一辆车，下午2点正是的士司机换班的时间，早班的司机大哥一脸惺忪不悦。车停下了，门都懒得帮人开，还要吴玳将病人搀进车里，再吃力地将轮椅塞进后备箱。

回到家，客厅中寥寥放着的茶杯中还剩一口冷茶，半个月前散落在地上的暗黄色茶渍完全挥发掉了香味，在地板上留下一道伤疤，记下吴双全跌倒的地方。

吴双全进了自己的房间，说要躺下来睡一会儿，吴玳立刻跟着进屋去。我想，吴双全落得这模样，已是多年不近女色，现在惨到连单手"打飞机"都困难。换在以前，我应该暗地里笑开花来，愚蠢的吴双全。可我，现在觉得不怎么好笑。

我不在香港的这段日子，我并不知道每到吴双全小憩的时候，吴玳更要提起十二万分的精神。最严重的那几天，吴双全在床上固定久了一种姿势，就会出现牙疮，也不利于排

210

痰，久之甚至可能引发肺部感染。于是，吴玳便要掐好时间，每两个小时帮病人翻一次身。像擦口水、清理排泄物、帮病人抹身等琐事，一天不知道要反复做多少次。

我在客厅坐了一会儿，突然想要抽烟，却也意识到香港早就禁烟，即便是在自己家，也不能抽烟。手中的烟才燃了一厘米，未有烟草吱吱作响，我就把手中的烟拿到厨房扔掉。我打开水龙头，把香烟摆在水龙头下，直流而下的水一点点洗着烟灰、烟身和烟蒂。

吴玳离开前走到厨房门口，给了我一个拥抱。他走之前，向我交代了吴双全的起居习惯、口味特点，又嘱咐我："别买豆豉给他吃，他想吃也别买，他现在不能吃油腻的东西。"

我打开冰箱，里面摆满了各种类型的酱料。有一瓶专做炸酱面用的六必居干黄酱，他知道我不爱吃面。时间一晃，搬来香港之后，他好像就没怎么做过炸酱面，我上大学后，每周回一趟家里，不吃饭就走了。

我握着干黄酱看看，不知为何萌生了做炸酱面的念想，虽然我执拗地否认这是做给吴双全吃的。第一次上网查做这道菜的方法，我找来小本，悄悄记下所有需要的菜码和佐料——鸡蛋两个、肥瘦肉丁（去皮）一百克、黄瓜、香椿、豆芽、萝卜、黄豆、青豆，如果买不到其中几样，可找豆腐干、豆角丝来代替。

我走出家门，正巧遇上好久不见的邻居张太。张太是上海人，早年嫁来香港，算是吴双全在家维邨社区比较熟络的朋友。

我随便问候了一下她，然后说："以后，我父亲有什么事，可能还要麻烦您照应。"

张太惊讶地看着我，那眼神分明想问："这丫头何时晓得关心老帮瓜啦？"

过了马路，我被反方向涌来的人群逼到后退一步，退得太急，我险些跌倒。

众人走得太快，熙熙攘攘的如同候鸟迁徙。街市卖菜的档口，人多到插不进脚，我虽然讨厌跻身人群的感觉，又不得不去人多的档口，毕竟那里的菜更"靓"。我随着身旁的师奶，随手抓了几把唐生菜，才放入篮中，我就记起此行是来买做炸酱面的菜码。翻翻口袋，左顾右盼，怎么都找不到那张写有食材的小纸条。

等我放回唐生菜，闭眼凝神地回忆，吴家家宴独有的香味慢慢从心中漫溢出来，渗向舌尖。食物的味道是抽象得不得了的东西，它浓缩在人的胃肠之间，潜伏在记忆深处，味蕾不必触碰到实物，人的感知就开始作用，淌出三尺的垂涎。记忆中的味道，既清爽又软嫩，嗯，这是香椿、萝卜；嚼起来脆得嘎嘣作响，这是调料里有了黄豆、青豆；肉丁闷炒过后入口不油不腻，层次分明，这是黄瓜与豆芽的功劳。

我按照记忆买菜，拎着红色的薄塑料袋再回到人群中间。直到过海巴士停下，另一拨众人从我身后一拥而上，他们前拉后拽地上了车。那些人的脸孔在夕阳的映衬下，显得十分满足，手里提着大大小小的袋子，里面的绿叶侧漏出来，活鱼还在黑袋子中摆尾。

等到菜和鱼都上了车，我从连绵不断的嘟咔声中醒来，意识到自己误站在等车队伍中。身边人与我相左而行，他们不过马路。大抵是许久未返香港的缘故，我和这城市竟生出了一些疏离感。街道还是熟悉的街道，至少我以为它们是长在我身上的痦子。

买好了猪肉，我却不知道如何处置。我把这团粉嫩嫩的东西平摊在垫板上，刚拿起菜刀却无从下手。我想起曾在南丫岛看过老妇人做自家鱼丸，要想鱼肉弹牙，就要拿着菜刀使劲剁肉。我只好用刀敷衍地压了几下猪肉，盼望它的口感不要太差。再淋上油热热锅子，我直接把肉泼入锅中。"滋"的一声，我向后侧了侧身，踮着脚尖，拿着木铲的尾端，小心地翻炒着肉末。

等到香味起来，才发现忘了放干黄酱。我立刻从冰箱里取出酱料，再从一堆长木筷中找出藏在其中的小铁勺，擓了小半勺酱，甩入锅中。等到香气漫溢，我再用小勺勾起一点棕红色的肉酱放到嘴里，撇了撇嘴，还是差一些，不，是差很多。这一点都不像我儿时尝到祖母做的、幼年母亲做的味道。

我唤了吴双全起床，他缓缓动动身。人不是植物，不能靠吃营养液过活。恢复期的父亲身子弱，虽不是出自本人意愿，他暂时离不开我。

饭上桌后，我将肉酱放在两人中间，围着肉酱对称地摆上拌菜。吴双全歪着嘴，想拿起筷子，刚握住一根，另一根就哆嗦着掉在地上。

"爸，你为什么来香港？"我竟然喊他"爸"，我被这个字眼吓了一跳。

"你妈走后，我我我去了好多地方旅行，重庆、大大大连、贵阳、浙江桐庐、广东樟樟樟木头……"他用袖口擦了下口水，叨念着说，"我想把她找回来，她说过她想去香港看看，我就把把把全中国的小小小香港都找了……最后来……

香香香香港。"

我拉了凳子，捡起筷子，并坐到父亲旁边，帮他把面拌好，然后一口口喂他吃。我尽量让每口面都裹上酱、压上菜，再送到吴双全歪斜的嘴中。如果送得稍微快些，吴双全就会无法下咽。如果送得慢，他一咳嗽起来，刚刚吃下去的就会喷撒出来。我不想前功尽弃，匀速地喂他，有节奏地裹酱、压菜、夹菜、喂饭。

这样一来二去，花了半个小时，吴双全才吃掉了半碗。他摇摇头，示意我"够了"，同时他的眼泪从眼睑直淌下来。我看见了就装作没看见，权当是这人自己呛着了、不舒服的反应。

我低头继续和着已经坨了的面。吴双全见状，颤颤悠悠地抬起手，往我碗里倒了小半杯水。然后我再和，面不再打结，顺开了。

他结结巴巴又说："这是你爷爷以前教的，加水就不团一——一块堆儿！"

这是我人生头一次和父亲这般亲近，我感到心中有些郁结似乎要被解开，但我又不希望就此了结我酝酿了十多年的怨。简单将怨气一笔勾销，不就是对过去的背叛和轻蔑吗？

蜡烛一燃，空寥寥的屋子，灯影比人影还长。我一个人点了一支蜡，放在书架的顶层。我曾经最爱的乔伊斯、普鲁斯特、T.S.艾略特都被带到京城，剩下的是一些工具书和香港本土研究的参考书。我不敢睡，夜里要照顾吴双全，索性吃了两粒不瞌睡的感冒药，趴在床上读小思的《香港家书》。我读着书，只是读着，字符如蝌蚪般游动，上一页被下一页翻过，书不怎么吸引我，我的灵魂在字里行间中彳亍行进，我读的是自己。

中国父母对孩子溺爱，多半是期待他们成年后可以回报给自己爱的反刍。吴双全若不爱我，他流下的眼泪是伪装，这会使我多天的付出打了水漂，但如此一般又吻合了我对父亲的"刻板印象"——无趣、自私、冷酷的中年男子（现在已步入老年）。保持偏见，人会比较心安。

这一趟回来，好像北京生活的烦恼可以暂时不必理睬。差不多一周过去，我的身体终于在旧床上完全松懈下来，我闻着枕单被套上散发出的雨天留下的霉味，慢慢实实地睡去，仿佛感觉自己的脑袋被一群行进中的细菌抬高了，它们举着我穿过亚细亚平原，停步在一个专在雨天举办的室外音乐节。然后一群神经发烧的年轻人挤在她身边，台上的 The Stone Roses 正在雨中跳跃，粉丝们踩着高潮一波波向前行进，希望刚好能够被偶像脚下的水溅到，或是有幸品尝一下圣水的滋味。

南方的干燥季节，夹着一两日的暴雨。

这样的光景，最不快乐的当数红磡街市卖咸鱼的档主。实肉牙或、梅香牙或、马友，一条条、一连串的咸鱼被根根红线悬挂在店外，它们垂头丧气，了无精神。档主需要趁着雨不大的时候拿出塑胶罩将它们罩上，有时为了尽快"救鱼"，连雨衣都顾不上穿，无奈档主露在店外的半个身子全被淋湿，顺口咒骂两句之后继续认真收货，专注得如同照料自家仔女。

吴双全的情况再有好转，可以开口说话。他嘴里的口水多少有些碍于观瞻，一说话就不好意思地溢出来点，老头怕别人嫌弃，于是总是仰着头坐。

圣诞前夕，吴双全公司的人力资源部主任来家中慰问，带来一个果篮和一个红包，说了两句不冷不热的客套话，意思就是：这个病，你老吴放心去治，医疗费公司报销一半，不过老吴的位子总是有人要来做事的，地球不会因为一个人离开就不转。

吴双全斜睨着眼看主任，昂着头说："我的地球没了这这这点钱，照样转得好好着呢！"

恢复中一紧张就会犯的磕巴，虽为这"宣言"打了折扣，不过还是犹存些力道，从人力资源主任窘迫拘谨的脸上即可看出。

吴双全在那主任走后，仍不忘要骂："做了亏心事，果然直直直不起腰！心里素质这这这么差，还做什么主任？"

隔着房门，我在房间里听得格外清楚，忍不住笑了。

临近傍晚，我叫了辆的士，带着吴双全过海去工展会。每年一到这个时候，吴双全一定会去维园置办年货，工展会上的东西姑且算得上是"平靓正"，囤好年货就可一直吃到新年年初。

囤，亦让人心安。这和过去奶奶家地窖里堆着等身的"白菜山"是一个道理，囤了山一样多的白菜，一个冬天肯定吃不完，却予人一种说不出来的安全感。

工展会从12月上旬开始举办，到圣诞节之时遭遇一道"坎"，年轻的香港人都选择在圣诞节外出旅游，中年人已经在开锣时买了不少，只剩下老人家有购买欲望，可若无家人的帮助恐怕连门都出来了，来到会场也买不了太多。

我慢慢推着吴双全在展位之间穿梭，左手边是实惠家居首次推出"一蚊梳化（沙发）"，右手边是捷荣咖啡的"一蚊豪华急冻食品福袋及咖啡豆套装"。吴双全拎不起沙发，只好颤悠悠地拿起咖啡福袋来看，犹豫了好一阵子，又把福袋放了回去。

　　我问他说为何不买，他答曰，重量太轻，这是厂家偷工的次品。

　　再往前走走，远远地见到"蛋挞王"，吴双全冲着摊位指指，摊位上铺开的金灿灿的蛋挞面前已排起一队长龙。

　　我们正要走过去的时候，迎面撞见林东鹏一家。

　　"瑾榆，真是没想到在这儿碰见你！呢位系伯父？"林东鹏眯着眼睛一笑。

　　我把吴双全介绍给这一家三口，他看了一眼林太怀里抱着的舔棒棒糖的小女孩，接着摸摸小女孩的头发，说："真可爱，几岁了？"

　　小姑娘不说话，倒是她父亲替她回应，"三岁，你大概是太久未返香港。她满月的时候，有请你过来食饭。"

　　吴双全想，真是不记得了。他看林氏一家买的东西，多是海味和熟食，还有几件玩具，大件东西倒是没有，便问："怎么不买点家电、家具这类的东西？我们刚刚看到正在促销，一蚊一件。"

　　"这种东西和六合彩一样，边有机会轮到我啲？"林太说。

　　林东鹏是香港最早从事装置艺术的人。他不爱凭空臆造东西，将精力投入改造日常物上。我忽然意识到，我确实在两三年前参加过那孩子的满月礼。在聚会上，林东鹏为女儿献上一张用玩具改装的装置画作，可那女孩太小，一摸这画怎么四处凸起，她大概感到害怕，于是在众目睽睽下放声嚎啕。

当时，她年轻的父母就是一副手足无措的样子，拉这孩子到一边安抚了半天，终于不哭了，林东鹏走了出来和宾客鞠了一躬，重复说"唔好意思"。现在想想，那个道歉实在是没必要。可这就是香港艺术家，处在一个高度物质化的社会中左右碰壁，最后了结于自我检讨。眼下，林东鹏胖了不少，当父亲的男人显得老成许多。

吴双全不想听我与林的对话，索性合上眼在一旁歇着。

我见吴双全这副样子，赶忙作别林家三口，推着他去买蛋挞。可这轮椅还没推出半米，吴双全已经要我停下，挥了挥手说："不，不吃吃吃了！"

我不知他又因何恼怒，或者只是想任性一回。

我不愿意追问，推着轮椅继续前行，毕竟谁也没必要和谁和解。

拐到一众摊位的尽头，忽然出现湾仔书局的铺子，空无一人的摊位上堆满了健康保健品书籍、涂色绘本、漫画，店主不知所踪。

店主一定是去抢年货了。一天卖书下来赚的钱，不如赢一个彩电来得容易。彩电固然不复是当代人眼中的奢侈品，但人们对新鲜、美好事物的肉欲般的向往亘古不变，朴实中带着一分酒徒的狡黠。

第二六章：从黎明到黄昏

若将20世纪算成人类历史上的转折点，象征着一日中正午时高照的艳阳，那么21世纪就成了没怎么放晴的雨后。一位法裔美国教授写过一本论著，讲述从文艺复兴到20世纪的文化演变，标题叫作《从黎明到黄昏》，讲述了：波洛克出生在莫奈辞世的年代，莫奈出生在戈雅离世的年代，戈雅又诞生在华托去世的年代，而华托在维拉斯贵兹死去不久出生……

入夜之后的当代，说不清楚谁是谁的继承者，但再往下数几代，可能更没谁了。到了那时，天空将飘着两个月亮，黑夜依旧是黑夜，黑的差异不像白那般容易被肉眼辨识。魑魅魍魉在暗处鬼鬼祟祟，不畏惧圣人口中的远古和中古文明，它们在每个人心中都种下一棵恶苗，等它结出无良的果实。

我从洪鑫那里听说，季周的画全被套牢了，佳士得秋拍上流拍率高达八成，只有《褴褛》系列的两张小品作品成交了，还是以低于估价的金额易手。他在拍卖行的贵宾休息室里抽烟，烟雾探测器没有放过他，他喝了点酒，冲着闪个不停的烟雾探测器叫嚷，大骂它作"资本主义的乏走狗"。

上个月才亮相市场的《隐君者女》系列不符预期，上拍的两张作品"全军覆没"。而与我曾有一面之缘的风景画《路》，不知为何被主办方临时撤拍。洪鑫说，他已经决定将季周"冷藏"一段时间，毕竟一旦艺术家的价格开始跌，就再难爬回来了，这样安排是为季老师好。

　　另一边厢，新晋艺术家倒是成群结队地向上游。意料之外，吴玳乱涂的水果系列竟拔得头筹，不仅创下了他个人作品的成交纪录，也打破了"90后"青年艺术家最高成交额。有人说当时拍卖场上有韩国人的身影，有人说举牌人是小舒淇的父亲。

　　差价的利润自然是被"幕后推手"拿去了，眼下刚捞了一笔的洪鑫特意打给我，把吴玳的前景承诺了一番，最后不忘道出主旨：期望我作为姐姐，可以劝他和画廊建立起代理关系。吴玳向来没有主心骨，他下决心难，做决定更难，这一点让他不轻易委身于人。我觉得，他的成熟都在这一年里养成，比起他刚毕业时的毛躁样子，现在已然适应了时代和社会，乃至比我更适应。

　　有一事如鲠在喉，洪鑫告诉我这次主要炒买吴玳画的正是逸铭拍卖的人，他们找了不少买家坐庄，听说最早提出购买想法的正是秦总。秦总背后少不了乔悦的举荐或游说，无论她是出于何种初衷，我们都应该谢她。

　　但我无从求证，我和她现在是天上的星辰，尽管相望，不愿相见。地球最怕的事情大抵就是被另一个星球撞击，人亦如此，她有她的动机，无论是真心欣赏吴玳，或是想要先炒高再赚取溢价。据说，乔伊斯和普鲁斯特曾经碰过面，他们连招呼都没打。当时，在场的还有弗洛伊德、斯特拉文斯基，普鲁斯特特意选定斯特拉文斯基做他的听众，吹了一车皮的水，普鲁斯特聊得最多的是贝多芬，斯特拉文斯基聊得最多的是如何泡法国女人，他的目标是Coco Chanel。

写作让我每时每刻都不断在反观自己，建立起的参照体系经常在一天内经历冲洗、断裂、破碎、整合、重组，再冲洗、再断裂、再破碎、再整合，周而复始，丝毫没带给我生生不息的欣慰感。我因此怀疑，那些伟大的作家，在外人面前装得很辛苦。

我分明对陈清扬缺少了解，一味骄傲地奉行私自的旨意，不顾及他的生活背景。我曾在采访陈黔古时，听这知名水墨画家提及他们绍兴陈氏一族的家训（当时我不知道他是贵州人），得知清扬儿时的些许片段。例如，开蒙时期，他首先要念字号，方块纸上写大字，一天起码要读五个，光是认字还不够，需要练写汉字。清扬在陈爸爸眼中是极有慧根的乖娃娃，在邻家小孩嬉戏于水路码头时，清扬则在书斋中悬梁苦读，在邻家小孩结结巴巴地诵读"上大人，孔乙己，化三千……"时，陈清扬已能背诵《诗经》了，像是读到《蒹葭》的一句"所谓伊人，在水一方，溯洄从之，道阻且长"，他总会情不自禁地微微甩起脑袋来，抑扬顿挫拿捏得很到位。陈爸爸对如此可爱用功的孩儿自然是喜形于色，期待之高酿造了日后失望之大。

相类似，由期待引发失望的情景，还有我们对城市的感情。人群如牛毛铺满每条街道，塞在香港红磡隧道口的车，愈演愈烈，无休止地一路堵到北京三里屯。交通干道变成时刻会阻塞的血管，干瘪的"人肉干"堵塞其中，动弹不得。

我想问问，来香港的北京人和来北京的香港人，你为何偏要前往对方的城市？无论是前门大栅栏老北京人口中的正宗京片子，还是聚在维港看烟花的新香港人，每个人都有自己的野心和身不由己吧。留在香港的时日，我去了熟悉的酒吧，想再喝一杯Prince亲手调制的"飘仙一号"，可惜我晚到了一步。新来的调酒师告诉我，Prince走了，佢去佐边，没人晓得。

生活太现实，现实到如果北京环路不堵车，人会觉得少了点什么。

爷爷健在的时候，奶奶会打趣爷爷说"自作孽不可活"，我常误解这警句的关键是在"作孽"，现在才意识到，重点原来在那个"自"字。

不知何时，吴双全将煮好的两盒炸酱面塞进我的背囊，由此我的拉杆箱有了些重量。我在喜迎新年的北京，拉着它横过无数条街道。家门成为归宿和最后一道防线，推开门的一刻，灵魂想要卸下疲惫。

我的睡眼惺忪遇上旧屋的杯盘狼藉，刚想感慨，却意外遇见弯着腰正在客厅收拾东西的蔡岫。暂别数月，她的脸色愈加红润。她见到我开门进来，望了一眼，继续低头做自己的事，箱子中都是陈清扬留在家中的日常用品，大到衣衫、鞋袜，小到刮胡刀、牙刷，她按条例细细地规整。内屋没开灯，暗暗的，想必是我走的时候忘了拉开窗帘。

我踽踽走了进去，一个锃亮的脑袋背对着我，朝着窗帘静坐。

"小榆，你来了。"那声音不像是从眼前那副躯体中发出的，像是飘在空中的神秘力量，聚敛了一股气，重重地砸在听者心上，令我动弹不得。

他缓缓地转过头，浮肿的眼泡显露出红色的血丝，脑门上有一道嫩红的疤，是新伤。被我剪秃了的一小撮地方，已经无从辨认。

我愣在他面前，缩着手，挎在肩上的提包不知趣地滑落到地上。"砰"一声过后，蔡岫跑了进来，我们三个僵持了十几秒后，蔡岫想要说话，被他阻止了，他说："你先出去一下，我有话要和吴瑾榆说，说完就走。"

蔡岫点点头，关了门。

陈清扬站起身来，将窗帘一把拉开，阳光如贫瘠的饿鬼见到白面馒头，肆意地涌进屋子。背光的他身形瘦了很多，他没有提及戒毒所的遭遇，只是伸出手去抚摸扑面而来的阳光，说："回到这儿，才感觉终于重返到人间。"

"天堂不好吗？"

"那里不是天堂……是地狱。"

"你瘦了。"

"我每天早中晚都要喝一杯药，三个狱警轮流检查你是不是喝完了。喝了药，还要开口说谢谢。你不说谢谢，那就再喝一杯。"

"他们让你喝你就喝？"

"那药叫美沙酮，喝了会恶心、头疼，而且会迫使你感到愉快，哼。"

"别说了。"

他回头看着我，被光映照的金黄色眼眸打量着我的疲惫，旧日的温柔气息袭面而来，再次将我环抱，但他很快扭过头，低声说："我在里面想了很多事儿……从前是我太傻了，一厢情愿地以为自己能为你带来幸福，不管你到底需不需要我的爱。我们的关系越脆弱，我就越爱你，即便我知道这种爱会变得稀薄。你知道吗？我感觉我是一个在青藏高原上奔跑的肺痨病人。"

"别说了！"我控制不住自己的情绪，忽然从身后把这男孩抱住，他的背骨硌得我难受，"太瘦了，你怎么会瘦成这样？"

他没有碰我，两只手多余地悬在空中，"小榆，你别这样。"

我不理会。

他轻轻说："回不去了。"

"那我们就哪儿也不去！"

他扬起嘴角，语气是那么的冰冷，不带有任何情绪，"你知道吗，我在里面的时候，天天都要劳动。学缝纫、修家电、种豆苗，还要学做饭。生活特别规律，不停地劳作让人忘掉了自己，直到手指上生出肉茧……有时，你明知道摆在面前的是豆子，你得剥豆子，但我就觉得那是我自己的心，我剥不动。"

"你不弹琴了？"我试图握他的手。

他将手高高举起，沉默了一下，然后说："以前总是跟您讲究着吃，现在我会做饭了，可以做给你吃，当然，如果你想的话。"

"离开了那么久，结果我就等到……一顿饭？"

他将我的脑袋搬开一点，不要紧贴他的胸。很显然，他对我的撒娇无动于衷，淡然作答："既然说了要分开，就只能做一顿给你吃了。"

"谁说要分手？我没同意！"

"你总说我是艺术家，你忘了你也是艺术家。所以我们都自私，不是吗？"

我听后，不由自主地抱紧他，这个拥抱是不同意、不肯听、不承认的意思。然而，清扬慢慢握住我的手，一点一点将我的掌心拨开，"你就是我的毒瘾，如果我不戒掉，我会死。"

"Acacia confusa，还记得是什么意思吗？"我转过身，从一摞画册底下抽出那本曾被我们用来测验爱情的《牛津辞典》。

"小榆，你忘了相思树是南方的树，夏虫不可语冰，它耐不住北方的冬天。"

他说得没错，北京是没有相思树的。即便偶遇几棵，也必定是南方贵胄带来的，以疗思乡之苦。而相思树本不具有长相厮守的含义，按照它的外文名直译，它理应被称为"疑惑的常绿乔木"。

"陈清扬，我什么都不要，除了你。"

"你要的我永远都给不起，就算你什么都不要。你不会知道，我有多恨我自己。在我俩的关系中，我没有办法逃离，我就算背叛自己，也不愿意背叛你。就这样，我一次又一次地出卖自己，和恶魔做交易。"

树的生物性从"真叶"到"假叶"逐层演进，整个生长过程既孤僻又神秘。这一秒前，我从未将爱情与真假叶子联系到一起，未料想到清扬早对我们之间的未来了然于胸。

听完这番解释，我不再多说什么，将辞典扔到地板上，接着缓缓抱膝坐下，小声抽泣："你打算怎么处理我？"

"是时候做一个了结了。"

他走过我的身边，弯下腰来想要摸我的头，手指快要碰到时，郁郁地急忙收了回去。我和他最近的距离，离别前的，定格在那咫尺天涯的几厘米中。

屋外，蔡岫问清扬还有什么要带走的，他没回话。

我卧在地板上无法移动，用短促的气再问最后一句，"你的唱片，你不拿走？"

他思考了几秒，"我还会回来，回来给你做饭。"

随后，有人大力关上门，我猜是蔡岫所为。她听见清扬的话，恐怕不会高兴。她是小说中常出现的俊美妒妇，因其出身而具有高贵的矜持，无论身处怎样的场合，都要忍住不变成泼妇。有一本小说叫《红楼梦》，其中就曾为病人开过一剂"疗妒汤"——要用极好的秋梨一个，二钱冰糖，一钱陈皮，水三碗，即可做得。

拭不净的眼泪开始发作，我面前尽是朦胧的水汽。我想，若要医彼之妒，先要疗己之病。

然而，将二钱的冰糖放在一汪苦海中。想象中的甜，大概，几秒之后就会化成苦。

第二七章：比他妈谁都幸福

Ivan 从美国回来，气色好了不少。

1月末的北京那么冷，他只穿了一件绒袄，照旧裹了一条围巾。他约我在"映像Café"见面，现在这地方已经改名，变成"正点美式牛扒坊"。

几个月没见，他没有问我小说的情况，而是帮我点了一份菲力牛排，说："吃完了跟我说说你最近的生活。"

跟他认识的这段时间，他如慈父一般的骄纵、溺爱让我受宠若惊，我不明白他这么做的原因，为了一本没什么受众的小说，真是大可不必。书商不应该浑身铜臭，用满口的"之乎者也"遮掩其商人的投机本能吗？可 Ivan 却总维持着一种优雅，没有目的的好尤其不真实，我始终认为他对我的评价有些过誉。说白了吧，我和我的作品都不值得有人埋单。

"你怎么不问问小说的情况？"

"你想说，自然会告诉我。你不说，我问也没有用。"

"美国的圣诞挺热闹吧？"

"你这么问我，就说明你的圣诞过得不好。"

"哼，你总以为自己能预测一切。"

"谢谢你。听你的劝说，我去找前妻谈了。我直截了当地告诉她，我不能没有她。"

"她怎么回答？"

Ivan看着我吃肉，自己只叫了一个牛油果沙律，"你看，鳄梨沙律不一定比凯撒沙律好吃，但它对我而言是 best choice，最优的选项。我不用将鸡肉一根根挑出来，便捷的就是最优的，感情也是如此。这么多年过去，我觉得她明白了这个道理。"

"所以你们要复合了？"

"可能吧。"

"为什么答应陈清扬帮我出书？"

"哦，这事你一定是听蔡岫说的。"

"甭管是谁说的，我想问你当时的情况。"

"一般像我们这类出版公司，每天能收到几座山的书稿，印出来堆在办公区的走廊，几年都没人清理，最后被碎纸机一过，当作没事发生。作者找上门，我们就说没收到稿件。"

"如果我知道陈清扬托你走后门，我不会去见你。"

"我承认我最初是被他感动了。被一个才华出众的男孩深爱着的女孩应该是怎样？我萌生出这样一个问号。"

"陈清扬回来了。"

"真的？那很好啊，我希望你们幸福。"

"我们分手了。"

"这样……也许对他而言，还要调养一段时间，你要有耐心。"

"我发现，你们大人总能自圆其说、左右逢源。荒谬的话经你的口润色，全成了真理。"

"你们这一代孩子，总喜欢以 challenge 父辈的话语权为乐，好像只有这样才能体现出价值。"

"但如果错的是你们呢？"

"我给你说个故事吧。"

对话过程中，我一直仰着头，眼眶出奇的干涩，不想流泪，可我还是坚持仰头。

Ivan 的故事很简单，一家人生了一个男孩，全家都很高兴，满月酒的宴席上给客人们看，自然是想讨一些好兆头的吉利话。

"一个说：这孩子将来是要发财的。这人得到一番感谢。一个说：这孩子将来是要做官的。这人收到几句恭维。还有一个说：这孩子将来是要死的。结果这个被暴打了一顿。说富贵的是谎，说要死的才是必然，这一点众人皆知。但你要明白，多数人喜欢听什么、不喜欢听什么，既然可以拣一条简单的路走，何必偏往虎山行？"

"您觉得说真话是往火坑里跳？"

"只是不合适，不合时宜。"

"我不认同。你看吴玳坚持画画，现在也熬出来了。"

"瑾榆，你太天真。吴玳比你会做人，也比你有手腕。季周的画现在跌成这样，最早是吴玳和逸铭拍卖的秦总一起来运作，他们有计划地逼迫一些藏家抛售老季的作品。我只能说到这里，水很深。而且我不认为，吴玳这么做是为了你，他是为他自己。"

无论是夸赞或是贬抑，Ivan 说话的声调保持在一个低音频道上。大概，最适合他的职业是午夜电台节目的主持人。讲完一个故事，他又以同样平淡的语气，讲了另一个故事。他称吴玳的韩国男友是××集团高层的儿子，两人从来不是偶遇，而是吴玳事先掌握了那男孩的行程，同样地他也知道他的性取向，所以投其所好，扮作同性恋。

"你说得越来越离谱了，我了解我弟。他不会为了卖几张画把自己'掰弯'。"

Ivan只是叹气："你是这世界上最不愿意成长的小孩，等到所有人为了生活委曲求全，你还是一根筋地留在原地不动。"

"如果我是巨婴，你又能好到哪里去？"

"跟你比，我算不错的。"

"也对。你前妻留在北京了？"

"嗯，我们算是要定居了。绕了快半个地球，耗了快半个世纪，她还是最喜欢北京。"

看Ivan的表情，我觉得他有六七成的把握。

午餐结束，我一根筋地坚持坐地铁回家，不劳烦他送我。

他耸耸肩道："你这种性格也好，不市侩。"

另有一点好处，他不必担心我会为了版税的百分之零点几，断绝与他们出版社的关系。我放着走五分钟即到的地铁6号线的南锣鼓巷站不坐，我不喜欢新开的地铁，偏要多走一站地到5号线的张自忠路，是另一种"不市侩"的表现。

平安大街糅杂了历史遗迹和伪遗迹模样的饭店、中医馆、韩服商铺，建筑物里面的人装腔作势地真把自己当作满清八旗子弟，摆起了遗老遗少的谱儿。年轻人走了进去，在新建筑里吃着老派的烛光晚餐，或是挤在"愚公移山"里动弹不得，还不如三环路上堵着。

走过了段祺瑞执政府旧址，我在未断的鸣笛中蹿上蹿下。

白天的 Live House 像是石化了的怪兽，也可以是我歪头打字时看到的空格键，空一格、两格没有多大的分别。书中的世界和现实的世界一旦有了交集，后果不堪设想。吴玳发来一条微信："大伯的身体恢复得差不多了，他准备去一家新成立的中资公司做财会方面的顾问。"

我没有搭茬，只是问他和韩国男朋友进展得可还顺利，他玩笑似的回复我"有个屁用"，我同样玩笑似的答说："爱情是全天下最没有保障的东西，如果有爱情险，我早就靠理赔金住进 CBD 了。"

随后，我发给他十个微信红包，每个都是二百元。在香港生活不习惯用支付宝、微信支付，朋友给的红包一直存着花不出去，不如一次性过给吴玳。他回了一个"么么哒"的表情，说这钱就算是我入股他们工作室的份子钱，以后赚了钱大家分。一个新的艺术工作室应运而生，它即将进入核心艺术圈，去追逐可以追逐的一切，然后再招揽一些眼神澄澈的年轻人做门徒。

我在春季举办的"艺术北京"上再次遇到了乔悦。

这届的"艺术北京"不是单纯的艺博会，特别辟出一个板块为婚礼现场，能有这么大排场的人在京城艺术圈里屈指可数，于是我也不巧认识这对新婚燕尔——Naomi 和逸铭拍卖的秦总。我本以为 Naomi 和季周这次是真爱了，乔悦和秦总亦不是逢场作戏，可当我获邀来到现场，看到浮夸扮相的男男女女，看到穿着低胸露背礼服的 Naomi 被秦总的前妻当众泼了红酒，看到这两个女人扭打在一起，而大腹便便的秦总被她们推倒在地，此境此景教人觉得一切都无所谓了。

司仪还没来得及说他准备好的段子，宾客没来得及吃压轴的澳洲野生二头鲍，我没进去主会场的时候已经听到振聋发聩的吵嚷声，在喧哗中我准备退场，却迎面撞见了久未谋面的乔悦。

她仿若一颗一夜之间成熟了的葡萄，褪掉了青绿的布衣，披上紫色的绸缎，她的左脸蒙着一块黑色的面纱，我问她这是要悼祭谁，她说是她自己。出了婚宴现场，我们结伴而行地逛了几个场馆，包括当代艺术、现代艺术的画廊和一些兜售设计品的小店。她不想提近况，我何必再问。我怕听到什么哀恸欲绝的心绪，也怕闲话两句不堪回首的过往。

只是走了几百步，路过的画廊主纷纷窃窃问我"这个冷美人是谁"，我说她是一个新朋友。在那之后，我的这个"新朋友"回到香港。

在开口讲第一句粤语、呼入第一口维港空气的时候，她可以摘掉包着伤痕的面纱，重新开始。

她祝我的小说成功。

我祝她幸福，比他妈谁都幸福。

我不知道面纱的典故是不是出自毛姆的《面纱》，三年前我们曾一起策划过毛姆诞辰一百四十周年纪念专题，请了一些香港本地文化人谈毛姆，有一个作家临时来不了稿，空了一个小板块出来，于是我和乔悦合写了一期，当时用的笔名是"古尔德"，因为乔悦最喜欢的英国诗人是杰拉尔德·古尔德，知道他的人不算多。乔悦过去喜欢小众的人和事，她不容易被诗词打动，却独爱古的一首《人生》：

在绿茵的寂寂的林中，那里我

夏天常去找我爱的寂静，阴影

我忽然找到外来的死的恫吓

在树的皱皮上有白漆的痕印

多少老朋友不能逃脱，现在我

以新的眼光看我城里的旧伴

也如树一般走着，而每人前额

都有苍白的纹，也都将被砍断……

去年，在一次争执之后，我和陈清扬照例找来一部没看过的电影。当时看的是电影《面纱》。电影的版本刻意淡化了香港背景，直接由上海替代，而瘟疫的地点随之变成乡间村落，小说与电影的差别曾引发我与陈清扬的好一番辩论。

清扬说："这种差异可以忽略不计，只要他们是从一个文明地前往一个蛮荒地就行了。"

我却说："你不可以不计事情的合理性，主角们不可能在民国初期前往上海做医疗方面的研究，故事发生的地点只能是香港。如果女主角一开始就知道男主人公在上海工作的话，不会如此淡定地接受对方的求婚。而在香港，情况截然不同，宗主国身份的优越性、文化的先进性都让一个英国女人对她的婚后生活有向往，至少不会让她畏惧。"

清扬反击道："毛姆根本没必要刻意区分香港与上海。在1920年代，这两个地方又是出奇的相似，港口、贸易区、东西交汇点，也许香港对英国人更可爱一点，但你无法证明毛姆不喜欢上海。"

我瞪大眼说："我从未说'毛姆不喜欢上海'，只不过我们必须承认，电影将场景挪移到上海，在某种程度上弱化了男主角对女主角的报复，殖民地至少可以说英文，可以按英国的习惯生活。但中国的偏远村落对女主角而言是忐忑的噩梦，远行本身已是一场疫病！"

清扬冷笑一下，说："疫病？你们批判民族主义的人，同时就犯着民族主义的错误，你们支持女性主义，恰恰证明了两性地位的不平等。你不能将自己的臆断施加于毛姆身上，这不是他的问题，只证明了你的毛病。"

我说："你才认识我多久，竟敢口口声声说你懂我？"

陈清扬闭上眼，一副不想争辩的模样。

好一阵子过后，我朝他的耳朵吹风。他忽然睁开一只眼，拉起我的手，摩挲着说："你听这背景音乐，认真听。"原来他关心的从来不是剧情，而是某一段扣人心弦的旋律，他续说："这好像是一首法国民谣，但我不记得叫什么了。"

最近，我一个人找来那盘DVD，重新把电影看了一遍，结尾的字幕中写着歌的名字——《à la claire fontaine》，中文是：《在清澈的泉水边》。

若将人生比作一条流淌的泉水，重要的人是石头，不重要的人是沙。我这条小河可能没流多久就在上游遭遇了浅滩，石头和沙粒暴晒在干涸的河床上。

春天快到了，这意味着我的小说写了将近一年。

我不知道，如果小说失败，我是不是应该逃离北京，重新开始一段生活？临近故事的尾声，陈清扬打来电话，欠我的晚餐终将要还。我不知道他期待我怎么回答，一不小心说了粤语："不如我来准备食材，你想食咩？"

他用广东话回答："不需要，我可以搞掂。"

第二八章：可以搞掂？

"最近开始练琴了？"就着饭，我问陈清扬。

"吃块肉。"他如往昔那样夹菜给我，这是我第一次吃到他下厨做的小炒肉。很久之前，我们两个的餐桌上唯有横躺着的方便面杯和啤酒瓶，偶尔会叫外卖，总会有小炒肉。

"好吃。"说完了这句我就不再抬眼看他，即便我在进门时已经从菜香中见到他的脑袋，开始有一层黑色的茸茬冒出来。

我们就这样静静地吃饭，好像围坐在许多生人中间，兀自叨拾眼皮子下的菜。我的面前是糖醋里脊，他的面前是小炒肉，中间隔着一盆萝卜丝海带汤和一碟西红柿炒鸡蛋。

"听音乐吗？阿柯的映像Café黄了，给了我一堆肖斯塔科维奇的老黑胶。"

"不用麻烦。"

"爵士呢？想听John Pizzarelli？Lionel Hampton，或者Louis Armstrong？"

"你不觉得现在这样很好？"他顿了顿，说，"把回忆当作背景来听。"

说完这话，他开始收拾碗碟，汤和蛋夹在中间，几乎一口未动。他将剩菜端到厨房，用保鲜纸裹好再放到冰箱。

我走过来想帮他，他说不需要，因为只差一道甜品，这顿饭就可以完结。

"小榆，我再给你讲个故事。传说，因俄耳甫斯的幽怨，列斯波斯岛演变成抒情诗歌的故乡。怨恨太深，以至于俄耳甫斯之死，触发了宙斯的同情。宙斯命人将七弦琴高高挂在空中，化身成点缀苍莽天穹的天琴座，用来超度俄耳甫斯的魂魄。"

我有些生气，说："不用兜这么大弯子，你来不就是为了和我分手？既然要断绝和彼此的联系，何必这么重视'最后的晚餐'？看来你是真的真的不想再见我。"

待他收拾完茶几上的碗碟，拿来了一个铁盒子，用一张半透明的糯米纸分割开左右，男孩拿起他面前的一块饼干，坐了下来，说："吃吧，牛油曲奇，不比尖沙咀的小熊饼干差。"

我不愿意落手去拿，转而问："吃个饼干都要分楚河汉界？这茶几是咱们一起买的，你还不得把腿全掰掉，留个桌板给我？"

"我的是你的，你的还是你的。"

一会儿工夫，他已经吞下三块饼干。

"我不要你的，我要你是我的。"

听了这话，他的脸色惨白，几乎看不出活着的迹象。

我抓着他的胳膊说："告诉我，这一切不是真的……"

他帮我抹去眼泪，从属于我的"疆域"里，为我递上一块饼干。

饼干刚衔入我嘴里，就被我喷了出来，"我不要我这边的饼干，我要你那边的!"说着，我抢过他面前的饼干，拿了一块要往嘴里塞。

他飞速伏在茶几上，狠狠抓住我的手，我喊了一句疼，他却丝毫不理，嚷着:"快! 把你嘴里的东西吐出来!"

我鼓着腮帮说:"不要!"

"吐出来……"在我们的撕扯当中，他强制性地按住我的头，用手掰开我的嘴。

他赢了。

我被扒疼了，红着眼睛，喊:"不! 你也是我的!"

他的脑门开始冒汗，小滴、大滴顺着额头流下来。在我们对视的一分钟内我感到了一种从未有过的距离感，他的眼中有一种难以解读的笃定。倔强的两个个体，要化解矛盾，一定要心肠最软的那个家伙先做退让。我刚要咀嚼口腔中余下的残渣，陈清扬忽然上前吻了我，毫无征兆。

那个吻很长很干净，他的舌尖快速地伸进我的口腔，将我嘴里的饼干渣一卷而走。

惊讶惊奇惊喜通通袭来，盖过了愤懑。我悄悄合上双眼，开始享受这恶魔般戏弄的亲吻。相爱是病毒，快速吞噬了健康的血细胞，阻隔中枢神经的正常思考，人的意识停顿在相亲的肌肤上。

他还是爱我的，我安慰自己说。莫名奇妙的自信配搭着荷尔蒙的刺激，使我的头有些发晕。接着，从第一面开始，我们的相识、表白、吵闹、分离、冷战、复合、想念全部串联在一起，慢速倒带。他的吻像在为我包扎渗血的伤口，满分，他完成了一场完美的手术。我以为，接着他会更深入地帮我疗伤，不由地有些期待。

可到我睁开眼，他的额头紧紧贴着我的，长长的睫毛密密垂下，嘴角忽而上扬，给了我最思念的笑容。然而，我没有意识到，那眼眸或许再也不睁开，曾经闪耀明亮的瞳，自此幻灭如烟。

我低着头，直到听到他的喘息声式微，直到听到他嗵嗵坠地，痛苦地抽搐，我急忙从潜意识中苏醒，"陈清扬！"

他在我耳边呜咽着说："我不能背叛'我们'，所以……我宁愿杀了我自己，这样你就不用背负任何内疚……"

尖叫过后，我大声嚎啕，悲伤沦为没有闸站的蓄水，久久地从高远的山上奔流直下，不停歇，永不。

我面前摆着的饼干含有正常的牛油成分，而清扬面前摆着分量足以致死的大麻饼干。

我的晕眩，并非沉迷于他唇间的余温，其实我含入口中的饼干是由大麻脂制成，威力远大于花和草的总和。劝过、骂过，他还是选择了这个方式结束有关生的所有，难怪这饼干出奇美味。陈清扬做这个决定的时候就已经了结了自己的生命。我在他的遗物里还找到了三大瓶美沙酮，那是以毒攻毒的东西，这意味着他一心求死。

我曾问：抽玫瑰的时候是什么感觉？

他曾答：就像现在，有你在我身边，特别舒服。世界上只剩下我们两个，不必穿衣服，可以尽情裸飞。

草腥味有许多不同，有的人食入会减缓焦虑，有的人吃了会放大焦虑，感觉总是和焦虑有关。吸的时候开始温顺，呼的时候近乎癫狂。意志强的人会恐惧触碰这类东西，"飞"多了会让他们误入在真假交错的结界，进而陷入到无穷尽的焦虑当中。

"这次真的可以尽情了。"我想着，搂着他躺倒在地板上。

天花板上老旧的吊灯坏了一个灯泡，这幢老房子真该好好修一修。

壁纸暗色的小花随着忽明忽暗的灯光旋转。我睁一只眼，闭一只眼，对饼干盒上写着的讯息视而不见，那乳白的糯米纸分明写了一行小字：我宁愿自己是一株阔荚合欢，永远遇不到你这棵相思之树。

直到有人大力摇动着我的肩膀，我憨憨地笑。

那一刻，我估计，第一个冲进来救我们的应该是Ivan，不然就是蔡岫，因为他俩分别是：此刻最关心我的人和最关心他的人。其次，吴玳、乔悦有可能会来，他们一个念亲情，一个念旧情。往下数，阿柯那么仗义局气也不会不帮，何况他还能顺便还来君子兰；小罗夫妇要是回北京生孩子就好了，那么我们可以在医院相互照应；吴双全，我希望他别管我在北京的生活，尽管我知道他一直留意着我。剩下的其他人，包括季周在内（此刻我诚实地想起他，不带任何情绪）……

他们对我的好和坏袅袅升起在冬末的夜空，化作我前世红尘的过客匆匆。

吻我，原来是为了救我。我反复嘟囔着这句呓语，直到在一辆车的后座醒来。

睁眼时，脸睑处硬如萤石，那是眼泪流干了而形成的保护膜。

开车的人没有脸，我问他，你是谁。他扭过头看我，说：你醒了？

那话语分明有笑意，可他的脸却是一张白纸，没有五官。

即便如此，我丝毫不害怕，继续问他我们身在何处、去往何方。

他说：你看窗外，狐狸、兔子、果蝇正在交配哇，现在是春至。

春至是一个节气？如果是节气，我更喜欢惊蛰，惊蛰的阳光温婉和煦。

春至是一个地名？通往此地的途上沿路布满灯牌，灯牌垮倒，裸露出钢筋水泥的躯干，正负静电平静地抚摸着对方，正因为它们生在春至这个地方，所以才用明胶和草秆混合着勾勒出轮廓。钢筋铁骨，怎会这般温柔？

他说：因为这是春至哇。

我心里想，全世界都以为活着的人最勇敢，却不知道死了的人经历了什么，也许他们赢得了凡人终生无法体会的快感。

我不苛责陌生人，只是依靠着他，卸下一世的疲惫。

我问他：你为什么帮我穿上衣服，我光着身体，你不和我做爱？

他咯咯一乐：我是一具苍老的灵魂哇，只想哄你入睡哇。

这解释显然不能令我信服。用性来交流的人，我从不指望他们爱我，这是彼此的欢愉，难得的快活。他们可千万别爱上我，否则我会背负起巨大的压力，琢磨起这爱从何处来、往何处去。总之，他们说得对，我害怕感受爱。

车子终于在一间旅馆模样的地方停下，结队而来的是一群蚂蚁，它们是迎宾使者。

无脸人带我走进这栋看上去有些欧洲中世纪风格的建筑，

他请我再三放心，这里不会遇到我文字中出现过的任何东西。

谁和谁能没有互文？这个世界本身就是表象的复制品，所以我看你的担心多余了。还有，你的话真多。

无脸人转过头，没有表情的脸孔绽露出笑容。

这地方应该曾经相当繁华，咖啡馆的入口处设有衣帽间、服务台和盥洗室，斑驳的金色藏在并不轻盈的尘灰中，不喜欢拥抱的情人们偏偏偎在一起。

我踱经走廊，如无脸人一样步履轻轻。

他播了爵士乐给我听，回音在大房子里盘旋打转，加重了这地方的废墟感。

我说，咱们彼此不熟悉，所以我一时间听不出来是谁的歌。

我们没再闲聊，直到他让我坐下，刻意坐到她的对面。

她张开丰盈饱满的双唇，以我熟悉的节奏念出我日夜期盼的咒语，打断了空气中的僵持："你过得好吗？"

谁能料到，如此轻描淡写的一句话，在顷刻之间让颓垣复活，令残破的餐牌再现鎏金镶边，令刺鼻的84消毒水的味道瞬间沁入心脾。

我抚摸着我的身体，细滑得如婴儿般的身体，仿佛从未受过伤的身体。

我睁开眼，终于把守在身边的人看清了。

嗯，站着的无脸人是Ivan？

而这女人，拉着我手的陌生女人，没错，她就是我妈。

2015.5 至 2017.8　写于北京、香港

图书在版编目（CIP）数据

隐君者女 / 周婉京 著. -- 北京：作家出版社，2019.1
ISBN 978-7-5212-0397-4

Ⅰ．①隐… Ⅱ．①周… Ⅲ．①长篇小说 – 中国 – 当代
Ⅳ．①I247.5

中国版本图书馆CIP数据核字（2019）第033745号

隐君者女

作　　　者：周婉京
责任编辑：秦　悦
装帧设计：一千遍工作室
出版发行：作家出版社有限公司
社　　　址：北京农展馆南里10号　　邮　　编：100125
电话传真：86-10-65067186（发行中心及邮购部）
　　　　　　86-10-65004079（总编室）
E-mail:zuojia@zuojia.net.cn
http://www.zuojiachubanshe.com
印　　　刷：北京明月印务有限责任公司
成品尺寸：142×210
字　　　数：164千
印　　　张：7.875
版　　　次：2019年4月第1版
印　　　次：2019年6月第2次印刷
ISBN 978-7-5212-0397-4
定　　　价：48.00元